Gustav Falke

Der Kampf mit den Seeräubern

und andere Geschichten

Gustav Falke

Der Kampf mit den Seeräubern

und andere Geschichten

ISBN/EAN: 9783954272297
Erscheinungsjahr: 2012
Erscheinungsort: Bremen, Deutschland

© maritimepress in Europäischer Hochschulverlag GmbH & Co. KG, Fahrenheitstr. 1, 28359 Bremen. Alle Rechte beim Verlag und bei den jeweiligen Lizenzgebern.

www.maritimepress.de | office@maritimepress.de

Bei diesem Titel handelt es sich um den Nachdruck eines historischen, lange vergriffenen Buches. Da elektronische Druckvorlagen für diese Titel nicht existieren, musste auf alte Vorlagen zurückgegriffen werden. Hieraus zwangsläufig resultierende Qualitätsverluste bitten wir zu entschuldigen.

Der Kampf mit den Seeräubern

und andere Geschichten.

Von

Gustav Falke.

Mit Bildern von L. M. Roth.

Reutlingen.
Enßlin & Laiblins Verlagsbuchhandlung.

Der Kampf mit den Seeräubern.

Erstes Kapitel.

Es war im Jahre 1526, als die hanſiſche Flagge auf allen Meeren wehte, und es ging auf Sankt Michaels=tag, da ſaßen in Bergen drei deutſche Schiffer in einer Hafentaverne, ſprachen von der baldigen Heimfahrt und freuten ſich, Weib und Kind wiederzuſehen.

Es waren viele hanſiſche Schiffe im Hafen. Bergen war der mächtigſte Handelsplatz an der norwegiſchen Küſte. Haupt=ſächlich waren es getrocknete Stockfiſche, die hier ausgeführt wurden. Ganze Schiffsladungen davon gingen in die Welt hinaus. Doch auch andere Produkte lagen in den Speichern des Hafens und an den Liegeplätzen der Schiffe. Der ganze Hafen roch nach Teer, Talg und Stockfiſch, aber der Stockfiſchgeruch war der ſtärkſte.

Auch Karſten Thode aus Lübeck, Klaus Wente aus Wismar und Michel Heere aus Roſtock rochen nach Stockfiſch, ſie hatten alle drei ihr Schiff mit Stockfisch beladen. Und sie hatten fest mit zugegriffen und hatten alle Tage nichts anderes als Stockfisch in den Händen gehabt.

Aber auch ein lieblicher Weinduft war um sie, denn sie tranken wacker von dem französischen Roten, von dem sie selbst manches Faß auf guter Fahrt hierher in das nordische Land gebracht hatten, wo kein Wein wächst, den sie aber als Kenner zu schätzen wußten. Sie saßen an einem langen, holzgeschnitzten Tisch, tranken, kauten ihr Kraut und spuckten kunstgerecht in die Stube. Dabei redeten sie nicht viel, nach Schiffergewohnheit, sprachen nur ab und zu ein gemächliches Wort über Wind und Wetter, Frau und Kind und Geschäft. Sie konnten sich Zeit lassen, ihre Sache war fertig, und ehe der Wind, der jetzt aus Südwest wehte, nicht umsprang, konnten sie hier nicht weg. Alle drei waren nach Lübeck befrachtet, der stolzen Königin der Hansa, und hielten sich deshalb zusammen.

Karsten Thode war der älteste von ihnen, er hatte einen grauen Kopf und einen dichten grauen Bart, der sein braunes Gesicht wie ein Kranz umrahmte. Aber die Augen waren noch jung, hell und scharf, und zeigten auch ein Licht inneren Feuers, wenn er sprach, auch ohne daß er mit der Faust auf den Tisch schlug, womit die andern beiden ihren Worten Nachdruck zu geben liebten. Er war nicht groß, aber breit und kräftig gebaut und hatte eine tiefe, dröhnende Stimme.

Klaus Wente war etwa zehn Jahre jünger, hatte ein dichtes, blondes Kraushaar und eine hohe, helle Stimme, und er war der einzige von ihnen, der dann und wann einmal lachte. Das tat Karsten Thode nicht, und das tat auch Michel Heere aus Rostock nicht, der jüngste von ihnen, der aber schon die Gewohnheiten eines alten, erfahrenen Mannes hatte und mit seinem glatten, festen Gesicht ernst und schweigsam dreinblickte. Alle drei aber hatten sie rechte Schiffergesichter, von Sonne, Wind und Salz gebeizt, helle, feste Augen und einen scharfen, energischen Mund, der das Gehege seiner Zähne nicht unnütz öffnete.

Unten am Tisch saßen drei andere Männer, oder eigentlich nur zwei, denn der dritte war fast noch ein Kind mit glattem Gesicht und flachsblondem Haar, und seine blauen Augen sahen so groß und verwundert in die Welt, als ob er von ihr noch nicht ganz viel gesehen hätte.

Es war auch eine neue Welt für ihn, in die ein baumlanger Mensch in Schifferkleidung ihn hineinsehen ließ. Das war Gerd Korfmaker, der Steuermann von Karsten Thode, der dem Knaben und dessen Vater allerlei von der Welt erzählte, wie er sie gesehen hatte, und wie sie ihm vorgekommen war. Und vieles erzählte er von Lübeck, wo auch Hinrich Krummendiek herstammte, der hier oben nach Bergen verschlagen worden war, seines Zeichens ein Schuhmacher. Es war fast das gesamte Handwerk hier in deutschen Händen, und namentlich die ehrsame Schusterzunft zählte viele Hanseaten unter sich.

Hinrich Krummendiek freute sich nicht nur, einmal wieder etwas von der Heimat zu hören, sondern er hatte auch ein besonderes Anliegen an den Landsmann und hatte deswegen seinen Sohn mitgebracht, denn um diesen handelte es sich.

Hans Krummendiek sollte seine Großeltern in Lübeck besuchen, und da sein Vater von früher her mit Gerd Korfmaker bekannt war, hatte der sich an diesen gewandt und ihn um Fürsprache bei Karsten Thode gebeten, daß er seinen Sohn als überzähligen Stockfisch mit verfrachte. Gerd Korfmaker aber sollte für richtige Löschung und Ablieferung sorgen, daß der Knabe wohlbehalten an die rechte Adresse gelange.

Karsten Thode hatte nichts dagegen einzuwenden gehabt, wenn sein Steuermann die Sorge für den unverhofften Passagier übernehmen wolle. Dazu hatte Gerd Korfmaker sich bereit erklärt und dann seinen Schützling und dessen Vater zu einem Glas Bier eingeladen, natürlich auf dessen Kosten, wie es sich wohl gehörte, denn man konnte nicht von Gerd Korfmaker verlangen, daß er noch Auslagen bei dem Handel machte.

Hans freute sich auf die Reise. Ihm war vor der Fahrt nicht bange. Er war in Bergen geboren und aufgewachsen, und wer in einer Seestadt groß wird, fürchtet sich gemeiniglich nicht vor dem Wasser.

Eher stimmten seinen Vater die Erzählungen Gerd Korfmakers bedenklich. Hinrich Krummendiek hatte ja freilich auch schon die Fahrt zwischen Lübeck und Bergen kennen gelernt; es war damals ein schweres Wetter gewesen, und lange Jahre friedlichen Handwerks auf seinem Schusterschemel hatten ihn ein wenig wasserscheu gemacht. Und da sprach nun sein Vaterherz mit, das den Sohn in die Gefahren einer Seefahrt hinausschicken sollte. Und daß nicht immer schön Wetter herrschte, erfuhr er nochmals gründlich von Gerd Korfmaker, der nach Schiffergewohnheit gern prahlte und übertrieb. Zweimal hätte er schon bis an den Hals im Wasser gestanden, und nur der Teufel wüßte, wie er samt seinem Schiff wieder in die Höhe gekommen sei.

„Bis an den Hals," sagte Gerd Korfmaker und erhob sich dabei in seiner ganzen Länge, damit Hinrich Krummendiek einen richtigen Begriff von der Größe der Gefahr bekäme, und die drei Schiffer am oberen Ende des Tisches warfen einen erstaunten Blick herüber.

Hans kannte ein wenig die Gewohnheit der Wasserratten, aus einem Hering einen Walfisch zu machen, er hatte sich oft genug im Hafen herumgetrieben und hatte selbst schon etwas von dieser Gewohnheit angenommen. Daher dachte er, obwohl es ihm ein wenig gruselte, einmal ist's wohl nur gewesen, und eine gute Halslänge darf man abziehen.

„Du brauchst dem Jungen auch nicht gleich bange zu machen," sagte Hinrich Krummendiek.

„Bist bang?" fragte Gerd Korfmaker.

„Bewahre!" rief Hans und reckte sich.

„Das will ich hoffen. Es sind schon mehr als du und ich auf ein Schiff gegangen und sind heil wieder an Land gekommen, und allemal gibt's keinen Sturm, und mancher Sturm hat auch sein Gutes. Er spart Zeit, und du kommst ein paar Stunden früher zu deinem Großvater, und er freut sich dann und ruft: ‚Donnerwetter, das nenn ich fix gesegelt!'"

So wollte Gerd Korfmaker es wieder gutmachen, und Hans lachte und meinte:

„So einen ordentlichen Sturm möchte ich ganz gern mal erleben."

„Hast recht, Jung, ein Mensch, der keinen ordentlichen Sturm erlebt hat, ist nur ein halber Mensch."

„Ja," dachte Hans, „heil davonkommen und dann ordentlich was erzählen können, das möchte ich wohl."

Währenddessen dachten die drei Männer am obern Tisch an ganz andere Gefahren, von denen Gerd Korfmaker wohlweislich schwieg, um Vater und Sohn nicht zu verschüchtern. Denn Hinrich Krummendiek wollte natürlich für die Überfahrt seines Jungen einen anständigen Fahrpreis zahlen, und Gerd Korfmaker konnte noch einen guten Schilling für sich extra erwarten, wenn er für Hans Sorge trüge. Das konnte man von Karsten Thode nicht verlangen, der tat schon genug, wenn er nicht dawider war und das Fahrgeld einsteckte.

Es war auch gut, daß Gerd mit seinen Gästen sich vor den andern erhob, denn die fingen schon an, laut zu denken, und Flüstern ist keines Schiffers Sache. Schon in der Türe hörte Hans noch Klaus Wentes helle Stimme sagen:

„Er soll nur kommen, wir wollen ihn wohl empfangen."

Das klang nun unverständlich genug, und Hans konnte nicht wissen, wer gemeint war. Klaus Wente aber sah nicht aus, als ob er einen Freund meinte, und sein Lachen klang keck und spöttisch.

Und jetzt sprach Michel Heere, der Schweigsame, ein ernstes Wort und sagte langsam, als ob ihm das Sprechen schwer würde:

„Zwölf Schuten, alle nach Schweden. Und hundertundfünf Mann über Bord, alle an einem Tag."

„Wir müssen zusammenhalten, dann kann er uns nichts anhaben," sagte Karsten Thode.

„Dann soll er man mal kommen," rief Klaus Wente.

Von wem sie aber redeten, das war Martin Pechlin, von Fehmarn, der Insel, gebürtig, ein großer Seeräuber, der seit einiger Zeit die Ostsee unsicher machte und auf seinem Schiff über achtzig Männer zählen sollte.

Es war nichts Neues, daß solch sündhaftes Volk auf der See sein Wesen trieb; wer sich mit Schiff und Ladung hinauswagte, durfte es nicht ohne Geschütz und andere Waffen tun, denn er konnte nie wissen, wie und wo er sich und sein Gut verteidigen müßte. Doch war es seit langem ziemlich still gewesen, und das Gesindel hatte sich verborgen gehalten, denn die hansische Flotte, die mit einem König Christian fertig geworden war, hatte auch einen heilsamen Schrecken unter allem Seeräubervolk verbreitet. Von Zeit zu Zeit aber tauchte doch einmal wieder ein besonders kecker Freibeuter auf und dachte, ihm sollte es schon ungestraft glücken. Und dem Martin Pechlin war es mit jenen zwölf Schuten geglückt. Und es mochten nicht die einzigen sein, die ihm zum Opfer gefallen waren.

Solche Leute scheuten nicht Rad und Galgen, nicht Schwert und Obrigkeit. Eben hatten die Hamburger bei Borkum in der Oberems den Klaus Kniephoff gefangen und ihn in ihrer Stadt einen Kopf kürzer gemacht. Der hatte sich vermessen und wollte ganz Norwegen erobern. Nun hatte er solche Vermessenheit vorzeitig büßen müssen. Und es hatte vor ihm schon mancher Seeräuber seinen Hals lassen müssen, dort und anderswo. Aber es kamen immer wieder kühne Gesellen, die ihr Glück auf dem Meere suchten. Und oft waren sie im Solde der Fürsten und Herren, die sich ihrer bedienten, die verhaßten Städte der Hansa zu bekämpfen und sie zu schädigen auf alle Weise, denn sie waren gar trotzig und übermütig geworden, die reichen Städte, und es ballte mancher hohe Herr von fürstlichem Geblüt die Faust, daß er sich sollte von dem Bürger= und Krämerpack etwas bieten lassen.

Martin Pechlin aber trieb's auf eigene Hand, nicht aus Haß und Eifersucht, sondern aus schnöder Habgier und Lust am verbrecherischen Handwerk. So konnte er auch keines fürstlichen Schutzes sich getrösten und stand für sich allein, und wer mit ihm fertig wurde, der war mit ihm fertig.

„Er soll nur kommen, wir wollen ihn wohl empfangen," sagte Klaus Wente und schlug dabei mit der Faust auf den Tisch.

„Wir müssen zusammenhalten," sagte Karsten Thode nochmals, „er wird sich noch da bei den Inseln herumtreiben."

„Zu dritt sind wir ihm wohl überlegen," meinte Michel Heere. „Pitter Pepersack, der gestern eingelaufen ist, hat nichts von ihm gesehen."

„Der hat guten Wind gehabt," sagte Klaus Wente.

„Das hat er," bestätigte Karsten Thode. „Nun möchte unsereiner aber auch mal an die Reihe kommen. Hab weiß Gott keine Zeit und auch keine Lust, länger hier oben herumzuliegen."

„Muß doch bald anders werden," sagte Klaus Wente, „es kann doch nicht immer aus demselben Loch pfeifen."

Und Klaus Wente hatte recht, schon am dritten Tag nach dieser Unterhaltung schlug der Wind um, und sie konnten sich bereit machen, auszulaufen.

Da wurde es nun auch für Hans Krummendiek Zeit, mit dem Abschiednehmen Schluß zu machen, denn er hatte schon seit acht Tagen nichts anderes getan, als Abschied gefeiert bei allen

Bekannten, und hatte so viel Mut und Verwegenheit vorweg gezeigt, daß er schier alles verausgabt hatte und ihm nur noch ein kleiner Rest blieb, so daß er schon anfing zu überlegen, ob es zu Hause nicht am besten für ihn wäre. Aber als es nun hieß: Rüste dich, Hans, Karsten Thode will absegeln, da faßte er sich wieder und meinte, es wäre doch eine Schande, wenn er jetzt Furcht zeigen würde. Und das wär's auch gewesen.

So lief er denn noch ein allerletztes Mal von Haus zu Haus, umarmte seinen Vater und seine Mutter und ging mit Gerd Korfmaker an Bord. Karsten Thode gab ihm die Hand und sagte:

„Tag, Junge!" und das war alles. Wenn Gerd Korfmaker nicht gewesen wäre, zu dem er ein großes Vertrauen gefaßt hatte, ihm wäre gar merkwürdig zumut geworden.

Es war gerade am Michaelistag, als die drei Schiffe die Anker lichteten. Allerlei Volk stand am Bollwerk und sah zu, darunter Hinrich Krummendiek und seine Frau, die winkten und riefen, und Hans winkte und rief zurück.

„Grüß Großmutter auch!" das war das letzte, was die Mutter ihm zurief. Dann bekam Hans einen Puff in die Seite und mußte sich zurückziehen, denn er stand im Wege, und das Schiffsvolk lief hin und her, um die Segel zu setzen und allerlei an Bord aus dem Wege zu räumen, was da noch unnötig herumlag und jetzt verstaut werden sollte, denn auf See muß alles fest sein.

Langsam kamen sie zwischen den Schären in die offene See hinaus, einer hinter dem andern her, zuerst Karsten Thode, dann

Klaus Wente und zuletzt Michel Heere, der hatte das kleinste Schiff, es war nur eine Schute, während die andern beiden richtige Holken waren; aber alle drei waren wohl mit Schlangen und anderem Schießzeug versehen, und sie hatten zusammen über hundert Mann Besatzung. Und als sie nun so hintereinander her rauschten, mit allen Segeln vor dem Wind, der sich immer mehr nach Norden drehte, da war es eine Freude und wäre hübsch anzusehen gewesen für Hans, wenn der nur noch auf den Beinen gewesen wäre. Aber kaum hatten die ersten Klippen sich vor die Häuser der Stadt geschoben und war es etwas freier geworden, so daß die Fahrzeuge ein wenig von den breiteren Wogen geschaukelt werden konnten, da hatte Hans schon auf die Seite gehen müssen. Es war ihm ganz wunderlich zumut geworden, und er hatte nur noch Gerd Korfmakers zwinkernden Blick auffangen können, da war es schon losgegangen. O Hans, wärest du doch bei der Mutter geblieben!

Nun lag Hans in seiner Koje und mochte nichts sehen und hören und glaubte, es würde ihm die Seele aus dem Leibe herauspressen. Und als der Koch kam und fragte, ob er nicht etwas zu Mittag essen wolle, schien ihm das die dümmste Frage, die sich stellen ließ. Nein, nie wieder wollte er etwas essen, sterben würde er, und sterben wollte er, am liebsten auf der Stelle.

Aber Hans starb nicht, und als er nach einem jämmerlichen, elenden Tag wieder an Deck kam, hatte er einen Mordshunger und fühlte sich so leicht wie eine Feder, so daß er sich unwillkürlich an der Reling festhielt, um nicht weggeweht zu werden. Aber schlimm war ihm nicht mehr, und er hatte es mit dem einen Mal gründlich abgetan.

Zur linken Hand, backbords, wie der Schiffer sagt, konnte er noch immer die hohe, zerklüftete Felsenküste Norwegens aus dem Wasser ragen sehen. Wild und düster lag sie da, denn die Sonne war noch nicht hoch genug gekommen, um sie aufzuhellen. Nur die höchsten Spitzen trugen eine lichte Mütze, die ihnen allmählich mehr und mehr über die Ohren ging. Gegen Mittag aber leuchtete die ganze Küste auf. Hans konnte sich nicht satt sehen an den trotzigen Klippen seines schönen Vaterlandes, um die das Meer seine grünen Wogen rollte. Aber Sturm durfte da nicht sein, dann war es besser, sich weiter ab zu halten und die Klippen aus den Augen zu verlieren. Wehe dem Schiffer, der dann zu nahe Bekanntschaft mit ihnen machen mußte.

Gerd Korfmaker hatte auf See manche Stunde über, wo er Hans etwas von Lübeck erzählen konnte und von der Alfstraße, wo er wohnte, und wo auch Hansens Großeltern wohnten. Und wer hört nicht gern von Lübeck, das immer große Männer hatte, kluge und tapfere Männer, die es regierten und bei Ansehen erhielten. Gerd Korfmaker wollte allerdings von ihrer Klugheit nicht viel wissen und räsonierte auf die hohe Obrigkeit seiner Vaterstadt, wie es jeder brave Bürger dort und anderswo zu jeder Zeit zu tun liebt. Und was die Tapferkeit anbelangte, so ließ er nur die Taten gelten, die auf dem Wasser ausgerichtet wurden. Daran hatten es die Lübecker nun nicht fehlen lassen, und Gerd Korfmaker war auch stolz darauf. Hans aber dachte, warum ist der Vater nicht in Lübeck geblieben, da muß es ja noch viel schöner sein als in Bergen. Wenn wir nur erst da wären.

Nun, die Fahrt ließ sich gut an, der Wind hielt sich aus Nord, und die drei Hansen liefen immer hintereinander her in gemessener Entfernung, und die See schäumte weiß um ihre Kiele. Des Nachts steckten sie Lichter aus, so hatten sie verabredet, um gut beisammen zu bleiben. So liefen sie, bis sie die alte Bükirche auf Skagen in Sicht bekamen: da kriegten sie Sturm.

Zweites Kapitel.

Der Wind hatte am Morgen abgeflaut, und gegen Mittag war es ganz windstill geworden, so daß sie mit allen ihren Segeln nicht weiterkommen konnten. Gerd Korfmaker hatte schon ein paarmal ‚Verdammt!' gesagt, und Karsten Thode machte ein bedenkliches Gesicht.

Drei Stunden lang lagen sie still; währenddessen zog im Westen, ein bißchen mehr südlich, eine graue Wolke herauf, andere folgten. Sie krochen ganz langsam herauf, krochen ineinander und übereinander, so sah es aus, und dabei wurden sie immer dunkler und drohender. Und keine halbe Stunde dauerte es, da fegte der erste Windstoß über das Wasser. Er pfiff ordentlich dabei.

Die drei Hansen waren auf der Hut gewesen, und alles war zu seinem Empfang bereit. Und dann kam ein zweiter Windstoß, und stürzende, schäumende Seen rollten heran. Und jetzt war der Sturm da, ein rechter, echter Südweststurm mit jagendem Regen.

Hans hatte nun, was er gewünscht hatte. So einen richtigen Sturm wollte er ja gern einmal erleben, als er noch mit Gerd Korfmaker und dem Vater in Bergen hinter dem Tisch saß. Nun hatte er ihn.

„Ist es gefährlich?" fragte er Gerd Korfmaker.

„Halte dich nur fest, daß du nicht über Bord gehst," sagte Gerd Korfmaker, „dann hat es weiter nichts auf sich."

Daraus schöpfte Hans einigen Trost, festhalten wollte er sich schon. Als es aber stundenlang so weiter wehte und eher schlimmer wurde als besser, und als es dunkler wurde, der Himmel voll jagender Wolken war und die See voll springender, stürzender Wogen, da wurde ihm doch wieder bange. Und er lag in seiner Koje, wohin Gerd Korfmaker ihn geschickt hatte, und betete: „Ach Gott, laß uns nicht untergehen."

Vier Tage und Nächte hielten sie sich so im greulichsten Wetter zwischen Norwegen und Dänemark und kamen auseinander, und wußte keiner, wo der andere war. Wie würde es Michel

Heere mit seiner Schute gehen? Klaus Wente würde sich schon durchbringen.

Am dritten Tag war es etwas heller geworden, aber gegen Mittag hatte der Sturm wieder in aller Stärke losgelegt, und Karsten Thode hatte geflucht: „Will der denn ewig so blasen?"

In der fünften Nacht, etwa zwei Stunden vor Tag, wurden sie ein Schiff gewahr, und sie steckten eine Leuchte aus, und das andere Schiff tat desgleichen und lief zu Karsten Thode hin. Das war Klaus Wente.

Hans wollte es bedünken, als sei nun die schlimmste Gefahr vorbei, als Klaus Wentes Licht auf einmal durch das Dunkel leuchtete und sein traulicher Schein über das wilde Wasser lief.

Ganz unrecht sollte er nicht haben. War auch das Wetter noch arg, so verabredeten doch Karsten Thode und Klaus Wente miteinander, daß sie in Norwegen anlaufen und da abwarten wollten, denn so wie es war, war schlecht ums Skagenshorn herumzukommen, und in die dänische See mußten sie doch, wenn sie nach Lübeck wollten.

Nun setzten sie bei und segelten längs dem Lande nach der Näs*. Da lag zwei Meilen östlich ein Hafen, der hieß Hyltenge, da wollten sie einlaufen.

Als sie nun gegen den Scheringssund kamen, sahen sie hinter einer Klippe, die Rysöe hieß, einen Krayer liegen, eine Art Dreimaster, der hier auch Schutz vor dem Sturm gesucht haben mochte.

---
* Nase, Spitze, Landspitze.

„Sollte das wohl ein Dieb sein?" fragte einer der Leute von Karsten Thode. „Das ist ein Diebshafen, wo er liegt."

„Ei was," antwortete ein anderer. „Wie du klug bist. Das ist wohl ein Schotte, der da Holz ladet."

Und sie stritten sich.

Da sagte Gerd Korfmaker:

„Uns sollen sie schon nichts stehlen."

Es war gegen Abend, als sie in Hyltenge einliefen, und sie waren hier unter Schutz und konnten sich von der greulichen Fahrt ausruhen. Man konnte von hier aus die Masten des Krayers mit ihren Spitzen über die Klippen ragen sehen, und sie hätten gern gewußt, was das eigentlich für ein Schiff sei, und was es da zu suchen habe. Darum schickte Karsten Thode, sobald als er hier festgemacht hatte, ein Boot an Land und ließ die Bauern fragen, was das für ein Schiff sei, das da zu Rysöe läge.

Das war Jürn Püttjer, der fragen sollte, ein junger, kräftiger Kerl, derselbe, der den Krayer für einen Schotten erklärt hatte, und er sah Hans an, als wollte er fragen: Willst du mit?

Hans, der sich unterwegs mit allen Leuten gut angefreundet hatte, mochte wohl. Er hatte jetzt schon eine ordentliche Sehnsucht, mal wieder festen Boden unter den Füßen zu fühlen. Aber Gerd Korfmaker sagte:

„Ich soll den Jungen heil in Lübeck abliefern."

„Das kannst du auch, Gerd," sagte Jürn, „verlaß dich darauf."

„Wollen erst sehen, was Karsten Thode sagt."

Aber Karsten Thode sagte:

„Wir stehen alle in Gottes Hand; wenn Jürn Püttjer dabei ist, soll es wohl gehen."

Da lachte Jürn Püttjer übers ganze Gesicht, und Gerd Korfmaker sagte:

„Mir kann's gleich sein. Ihr habt ja auch ein bißchen Verantwortung für den Jungen mit, Schiffer."

„Hab ich," sagte Karsten Thode.

Da ging Hans mit Jürn Püttjer ins Boot, und sie ruderten an Land.

Der nächste Bauer wohnte nicht weit vom Strande, und sie konnten vom Schiff aus alles übersehen. Darum war Hans auch nicht bange, und Jürn Püttjer hatte eine Axt im Gürtel und ein Messer in der Tasche.

Als sie nun an das Haus kamen, war es da ganz still und dunkel, nur in einer Stube brannte Licht, und sie konnten durch das Fenster sehen, daß da ein Mädchen am Tisch saß und etwas arbeitete. Da klopften sie an, und alsbald trat das Mädchen heraus und fragte, was sie wollten.

„Was ist das für ein Schiff, das da hinter den Klippen liegt?" fragte Jürn Püttjer.

„Das weiß ich nicht," sagte das Mädchen, „gehört ihr nicht dazu?"

Da sagte Jürn, wer sie seien, und daß ihr Schiff unten im Hafen läge. Sie könnte es wohl aus dem Fenster sehen, wenn sie wolle. Aber es war schon so dunkel, daß sie es nicht mehr erkennen konnte, zumal sie auf den Schiffen kein Licht gemacht hatten, weil sie erst wissen wollten, woran sie seien.

„Ist denn kein Bauer da?" fragte Jürn Püttjer, „wir möchten es doch gerne wissen."

„Der Bauer ist da," antwortete das Mädchen, „ich will ihn holen." Und damit ging sie wieder hinein, warf aber noch einen langen Blick auf Hans, als möchte sie ihn wohl leiden.

Hans mochte sie auch leiden, sie war nicht viel älter als er, schlank und kräftig, mit schönen, aschblonden Haaren und grauen, stillen Augen, und hatte ein hübsches, frisches Gesicht.

Als sie wieder herauskam, kam der Bauer mit. Der war groß und stark und hatte einen stillen, etwas verschleierten Blick.

Was das für ein Schiff sei, sagte er, könne er genau nicht angeben. Es läge schon zwei Tage da. Er wisse nur, daß es ein Engländer sei.

„Dacht ich's doch," sagte Jürn lachend. „Ich hab einen Blick dafür. Er ladet wohl Holz, nicht wahr?"

„Er bessert wohl aus," sagte der Bauer, „bei dem Wetter gibt's leicht Schaden. Ist denn bei euch alles heil geblieben?"

„O ja," sagte Hans vorlaut und sah Jürn fragend an, ob es auch richtig sei.

Aber Jürn beeilte sich, zu versichern, sie hätten wohl noch stärkeren Sturm überstehen können.

Woher sie denn kämen, fragte der Bauer.

„Aus Bergen," antwortete Hans wieder zuerst.

„Und wohin?"

„Wohin der Wind weht," sagte Jürn.

Die grobe Antwort schien aber dem Bauern nicht zu gefallen.

„Das kann überall sein," sagte er, „aber wollt ihr nicht in die Stube kommen, es ist kalt hier draußen."

„Danke," sagte Jürn, der sich nicht weiter ausfragen lassen wollte, „wir haben keine Zeit."

Schade, dachte Hans, denn er hätte gerne gesehen, wie es drinnen aussähe, und hätte gern ein wenig mit dem hübschen Mädchen gesprochen, das hinter dem Bauern stand und ihn immer wieder mit einem ernsten und guten Blick ansah. Aber Jürn Püttjer sagte: „Komm, Hans!" und sie bedankten sich bei dem Bauern für die Auskunft und gingen wieder an das Boot zurück.

„Ich gehe mit," sagte der Bauer, „es ist dunkel."

Kannst ruhig dableiben, dachte Jürn, konnte es aber nicht verbieten, daß der Bauer so weit mitging, bis er einen freien Blick auf das Wasser hatte.

„Es sind ja zwei Schiffe," sagte er verwundert.

„Zwei ausgewachsene Holken mit allem an Bord, was sich gehört," sagte Jürn. Da schwieg der Bauer und ließ sie allein ins Boot steigen.

Jürn Püttjer brachte das Boot mit ein paar Schlägen längsseits, und eins, zwei, drei, waren sie wieder an Bord. Da erzählten sie, was sie gehört hatten.

„Hm," sagte Karsten Thode, „es wird sich ja zeigen."

Zeit, es abzuwarten, hatten sie, denn der Wind hatte nachgelassen, und es war draußen eine ruhige See, und sie sollten hier, wie es schien, wieder ein paar Tage herumliegen, ehe sie weiter konnten.

Das war Hans ganz recht; denn er dachte an das kleine, flachsblonde Bauernmädchen, das er gar zu gern wiedergesehen hätte, und das so dicht vor ihm am Lande in dem niedrigen Hause wohnte, von dem sie von Bord aus nicht viel mehr sehen konnten als den Rauch, der zur Essenszeit aus dem Schornstein stieg.

Hans war ein Schusterkind, und die Angehörigen dieser edlen Zunft haben von jeher zu den Sinnierern gehört, da ihr beschauliches, seßhaftes Handwerk ihnen das Gedankenspinnen erlaubt und es befördert. Jeden Gedanken können sie mit einem Schlag festnageln oder Zusammengehöriges mit ihrem Pechdraht verbinden, daß es gut hält, und dem Ganzen zuletzt mit der Bürste einen Glanz geben, daß es ein Ansehen hat.

Hans hatte das Sinnieren und Gedankenspinnen geerbt und konnte abends in seiner Koje nicht einschlafen, ohne sich eine ganze Geschichte auszumalen, in der jene Bauerntochter die Hauptrolle spielte, und er lenkte sie ganz nach seinem Wunsch und Willen, ließ sie auf das Schiff kommen und sich alles von ihm zeigen, und sie ließ Gerd Korfmaker bitten, er möchte sie auch mit nach Lübeck nehmen; und Gerd Korfmaker sagte: ja, das wolle er gern tun, sie müsse aber bei dem Hans in der Koje ruhen. Das wollte das Mädchen auch, und sie fuhren ab nach Lübeck. Und sie saßen auf Achterdeck und erzählten sich lange Geschichten, auf norwegisch natürlich, denn sie waren ja beide Landeskinder.

Und dann wunderte Hans sich am andern Tage gar nicht, daß der Bauer mit dem blonden Mädchen auf das Schiff kam und Hühner und Eier und Brot zum Verkauf anbot. Er wußte ja, daß sie kommen würden. Jürn Püttjer aber sah sie kaum einmal an; und das war nicht hübsch von ihm, denn sie war wohl des Ansehens wert.

Karsten Thode, da er hörte, daß fremde Leute da seien, wollte nichts mit ihnen zu tun haben; sie wären mit allem reichlich versehen und brauchten weder des Bauern Hühner noch sein Brot.

Gerd Korfmaker aber kaufte ein paar Eier, er hatte Appetit darauf. Und Hans freute sich, daß Gerd Korfmaker dem Bauern etwas abnahm.

Gerd Korfmaker nahm den Bauern sogar mit in die Kambüse und trank ein Glas mit ihm und zeigte ihm im Vorbeigehen die eiserne Schlange und fragte harmlos, ob er wohl wisse, ob der Engländer auch solche Dinger an Bord habe und wie viel. Aber das wußte der Bauer nicht.

Währenddessen war das Mädchen allein an Deck geblieben und stand etwas schüchtern an der Reling in der Nähe der Treppe, und Hans schob sich langsam an sie heran. Und als er dicht genug war, um ein Gespräch anfangen zu können, fragte er, ob hierher viele Schiffe kämen, und ob sie immer an Bord käme, und ob sie morgen wieder kommen würde. Auf alles sagte das Mädchen ja, und zuletzt sagte sie:

„Du siehst aus wie mein Bruder."

Da wurde Hans rot und wußte nicht, was er darauf sagen sollte.

„Er war aber einen Kopf größer als du," sagte das Mädchen wieder.

„Lebt er denn nicht mehr?" fragte Hans.

„Nein, er ist seit einem halben Jahre tot. Er ist hier ertrunken, an dieser Stelle."

„O," sagte Hans bedauernd.

Auf einmal trat das Mädchen dicht an ihn heran und sagte schnell und leise:

„Sie wollen euch was, verrat mich nicht!"

Da kam Gerd Korfmaker mit dem Bauern gerade die Treppe wieder herauf, und die Kleine erschrak.

Als der Bauer mit seiner Tochter wieder vom Schiff war, sagte Hans, was das Mädchen ihm zugeflüstert hatte.

„Hat sie das gesagt?" fragte Gerd Korfmaker.

„Das hat sie gesagt. Aber was meint sie damit?" antwortete Hans.

„Das hätte sie nicht erst nötig gehabt," sagte Gerd Korfmaker, ging aber doch gleich zu Karsten Thode in die Kajüte und blieb eine kurze Zeit da unten. Dann kam er wieder heraus und holte Hans, er solle mit zum Schiffer kommen.

Karsten Thode sah ihn mit seinen hellen Augen unter den grauen, buschigen Brauen an und schien sich zu wundern.

„Was hat sie dir gesagt?" fragte er, und Hans mußte alles erzählen, und er erzählte auch, daß sie gesagt habe, er sähe ihrem Bruder sehr ähnlich, und der sei hier im Wasser ertrunken, und sie hätte ihn gebeten, er solle sie um Gottes willen nicht verraten.

„Mehr hat sie dir nicht gesagt?" fragte Karsten Thode.

„Nein, mehr nicht," beteuerte Hans.

Karsten Thode hätte aber gern noch mehr gewußt; wie das Schiff des Engländers heiße, wieviel Mann es an Bord hätte, und ob da Schießzeug wäre und dergleichen.

Wenn der Junge das doch alles erfahren könnte, dachte er.

„Es ist gut so," sagte er und wollte sich's überlegen.

Das war an Allerheiligen.

Um Mittag kamen auch auf Klaus Wentes Schiff in einem Boote Leute vom Lande, zwei norwegische Jungen, und boten zwei Hühner zum Kauf. Sie forderten aber viel Geld, so daß man lange feilschte und endlich nicht zahlen wollte. Als Karsten Thode hörte, daß Fremde bei Klaus seien, sagte er:

„Klaus soll aufpassen."

Karsten Thode wußte ja Bescheid. Er hatte Klaus Wente schon gewarnt, der aber schien nicht vorsichtig zu sein. Die Jungen kamen doch gewiß nur, um zu spionieren, die sollte er doch nicht wieder von Bord lassen.

„Laß sie doch hierher kommen," sagte er zu Gerd Korfmaker, „sage, wir hätten gerne Hühner, wenn sie nicht zu teuer wären."

Da lachte Gerd Korfmaker:

„Wir wollen sie ihnen wohl bezahlen, sie sollen genug davon haben."

Als nun die beiden Jungen bei Karsten Thode an Bord kamen, — es war ein großer und ein kleiner, — wurden sie sofort ergriffen und gefragt, ob sie etwas von dem Krayer wüßten.

Sie wollten aber nichts wissen.

„So," sagte Karsten Thode, „ihr wißt nichts davon; dann besinnt euch nur ein bißchen."

Und er gab Gerd Korfmaker einen Wink; der brachte ein Fußeisen und zeigte es ihnen. Da erschraken die Jungen, und der größte gestand sogleich, daß sie um des Spionierens willen gekommen seien.

„Was ist das für ein Hauptmann auf dem Schiff?" fragte Karsten Thode.

Das wußten die Jungen nicht. Aber der eine sagte, daß sie dort dabei wären, eine hohe Kuhbrücke, das ist ein leichtes Überdeck, zu bauen, und daß sie hier an Bord wollten.

Da meinte der Junge nun, er wäre frei, und man würde ihn gehen lassen. Aber da irrte er sich. Er hatte wohl manchen Blick um sich geworfen und mochte bei Klaus Wente allerlei gesehen haben, was die hinter den Klippen gern wissen möchten.

So ließ man ihn nicht los und brachte ihn nach unten und schloß ihn da ein. Er gab sich denn auch still darein und sah wohl ein, daß er es nicht besser verdient hatte. Er hätte aber jammern und klagen können, das tat er aber nicht und war wohlgemut, so daß sie sich wunderten.

Wohlgemut blieb auch der kleinere Junge; der behauptete keck, er sei nicht Spionierens wegen gekommen, er diene einem Bauern, und wenn sie das nicht glauben wollten, sollten sie nur mit ihm nach dem Bauernhof fahren, da würden sie sehen, daß er die Wahrheit spräche.

Ach, dachte Hans, der dabei stand, das sollten sie doch tun, und dann sollten sie ihn mitnehmen. Er meinte nämlich, der Junge diene gewiß bei demselben Bauern, bei dem sie gewesen waren, und dann würde er das kleine Mädchen wiedersehen.

Karsten Thode beriet aber mit Gerd Korfmaker, ob sie den kleinen Jungen nicht auch an Bord behalten und einsperren sollten. Sie meinten aber zuletzt, wenn der Junge recht hätte, würden sie die Bauern auch gegen sich aufbringen, und die könnten dann mit den Räubern gemeinsame Sache machen gegen sie. So wollten sie lieber mit dem Jungen an Land fahren und sehen, was es sei.

Sie schickten nun einen Mann zu Klaus Wente und ließen sagen, was sie vorhätten, er möchte indessen scharf aufpassen.

Klaus Wente sagte:

„Wir liegen hier nun zwei Tage und eine Nacht, und der Dieb rührt sich nicht, der führt wohl nichts Arges im Sinn."

Karsten Thode begriff es auch nicht, warum sie da drüben immer noch ruhig blieben, wenn sie ihnen doch an den Kragen wollten. Aber sie würden schon ihre Ursache haben; besser wäre besser, und Klaus Wente sollte nur nicht zu sorglos sein.

„Sie wissen längst, daß wir genug Leute an Bord haben," meinte Klaus, „und daß wir wohl gerüstet sind. Zwei gegen einen, die werden es sich schon überlegen." Aber er war jünger als Karsten Thode und nicht so vorsichtig und bedächtig.

„Wenn sie da eine Kuhbrücke bauen, tun sie es nicht zum Spaß. Sie werden wohl noch nicht fertig sein damit, und darum lassen sie nichts von sich hören."

„Wenn nur ein bißchen Wind käme, daß wir wegkommen könnten," meinte einer.

„Das würde uns nichts nützen. Der Wind weht auch für ihn, und dann fällt er draußen über uns her. Hier liegen wir ganz gut, wenn er kommt."

„Das tun wir wohl. Aber wenn die Bauern mit ihm unter einer Decke stecken und ihm helfen, dann ist der Dieb uns hier über."

„Das wollen wir eben sehen, ob sie ihm helfen," sagte Gerd Korfmaker.

So sprachen sie und dachten, warum muß der Dieb auch gerade hier liegen, und warum muß Michel Heere von uns abgekommen sein. Wären wir zu dritt, so sollte ihnen schon angst werden.

Es war aber mittlerweile spät geworden und fing an, dämmerig zu werden. Man wollte vor Dunkelheit wieder an Bord sein und wollte auch den Jungen nicht über Nacht auf dem Schiff behalten, um sich die Bauern nicht auf den Hals zu ziehen. Es könnte ja sein, daß der Junge recht hatte, und daß er nichts Arges im Schilde führte. Dann würden seine Leute sich natürlich nach ihm umsehen.

So wurden die zwei Espinge, zwei größere Boote und das kleine Boot, mit dem der Junge gekommen war, bemannt und mit Hakenbüchsen und Rohren wohl bewaffnet. Gerd Korfmaker und Klaus Wentes Leute, Pitter Roth, der lange Steuermann, war mit dabei, auch Jürn Püttjer, im ganzen etwas über zwanzig Mann.

Gern wäre Hans mitgefahren, aber Gerd Korfmaker sagte, diesmal sei es eine ernste Sache, und da hätte er nichts dabei verloren. Da machte Hans sich an Jürn Püttjer und sagte:

„Wenn du das Mädchen siehst, grüße sie von mir."

Da lachte Jürn.

„Und tut ihr nichts," bat Hans.

„Was sollten wir ihr tun?"

„Warum nehmt ihr denn so viele Waffen mit?"

„Damit sie uns nichts tun. Junge, fragst du dumm," sagte Jürn Püttjer.

„Die Bauern werden euch schon nichts tun," meinte Hans.

Aber Jürn Püttjer mußte ins Boot und stand ihm keine Rede mehr, und dann fuhren die Leute ab.

Unterwegs sagte der Junge zu Gerd Korfmaker:

„Wollt ihr an das Räuberschiff da, so will ich euch wohl dahin bringen, sie sind nicht stark, ihr nehmt es wohl mit diesen drei Booten."

Aber Gerd Korfmaker lachte ihn aus.

„Du willst uns wohl um den Hals bringen, du scheinst mir doch mit denen unter einer Decke zu stecken. Bringe uns nur nach deines Bauern Hof, dann sind wir's zufrieden."

Da verschwor sich der Junge aber hoch und heilig, er hätte nichts mit den Räubern zu schaffen, sie sollten ihm doch glauben.

„Es wäre auch dein Tod," drohte Gerd Korfmaker.

Da lachte der Junge nur, so daß sie wirklich anfingen, ihm zu glauben, wie sollte er sonst so furchtlos sein.

Als sie ans Land kamen, ließen sie fünf Leute mit Hakenbüchsen bei dem Boot. Wenn sie etwas vernähmen, sollten sie schießen, dann würde man ihnen bald zu Hilfe kommen. Die andern folgten dem Jungen; der brachte sie aber nicht nach dem Bauernhof, wo Hans und Jürn Püttjer gewesen waren, sondern nach einem andern, der lag mehr nach dem Räuber hin, und man konnte von da aus deutlich die Masten ragen sehen.

Sie hörten schon von weitem einen großen und wüsten Lärm, so daß sie meinten, es wäre wohl ein Haufen von den Räubern da. So umstellten sie das Haus mit Rohren und Hakenbüchsen und dachten, wen sie da fänden, der sollte nicht davonkommen.

Einer aber von Klaus Wentes Leuten, der ein Norweger war und also gut mit den Bauern umgehen konnte, ein starker und unerschrockener Mann, legte einen Pfeil auf den stählernen Bogen, den er trug, stieß die Tür auf und trat zu den Lärmenden hinein.

Aber es war niemand anders darin als ein Haufen Bauern, die sangen und tranken, wie es ihre Gewohnheit war auf Allerheiligentag, und grölten durcheinander.

Als nun der Mann mit dem gespannten Bogen eintrat, verstummten sie alle auf einmal, sahen ihn erstaunt an und fragten, warum er hier mit der drohenden Waffe ins Haus falle.

Das möchten sie wohl wissen, sagte er, und fragte, wo der Wirt wäre.

„Der Wirt ist hier," antwortete ein kleiner, untersetzter Mann, „was gibt es?"

Da fragte der mit dem Bogen nach dem kleinen Jungen, ob er ihn geschickt hätte, und ob er bei ihm diene.

„Ja," sagte der Wirt, „das ist so."

„Dann ist es gut. Wir meinten, wir fänden hier noch andere Leute," antwortete der Norweger und setzte seinen Bogen ab.

Da wurde der Wirt freundlich und wollte Bänke aufschlagen, damit sie sich setzen und mittrinken könnten. Gerd Korfmaker aber sagte:

„Wir wollen ihm nicht trauen; er gedenkt uns so um den Hals zu bringen. Indessen wir sitzen und trinken, schickt er nach dem Krayer und verrät uns."

Das sahen sie ein und wollten schleunigst wieder an Bord fahren, den Jungen aber dalassen. Als sie nun halbwegs bei den Booten waren, kam ihnen ein Mann nach, der sagte hastig, er wolle ihnen etwas kundtun, wenn sie ihn nicht angeben würden, denn wenn die Bauern erführen, daß er sich mit ihnen eingelassen hätte, verrieten sie ihn an den Räuber. Und das würde ihm den Kopf kosten.

Da wollten sie ihn mit an Bord nehmen. Das wollte er aber nicht, er müsse bleiben und auf seinen Schiffer warten, dem der Räuber sein Schiff genommen hätte. Auch auf ihre beiden Schiffe hätte er es abgesehen. Sie wären sehr stark, über achtzig Mann; sie hätten aber ein Boot ausgeschickt, um eine Schute zu nehmen, die am vorigen Abend varübergesegelt wäre, und ehe das Boot nicht wieder zurück sei, wagten sie nicht anzugreifen. Das Boot könne aber jederzeit zurückkehren, und daher möchten sie machen, daß sie wieder an Bord kämen. Sie verstanden nicht ganz, was er sagte, aber sie merkten, daß er es ehrlich meinte, und sie dankten ihm und befolgten eiligst seinen Rat.

Drittes Kapitel.

Hans, der an Bord zurückgeblieben war, hatte sich seine Gedanken gemacht. Was war es doch für eine merkwürdige Reise! Er hatte geglaubt, glatter nach Lübeck zu kommen.

Aber es war ihm doch nicht sonderlich bange. Dem Sturm waren sie glücklich entronnen, und diese Gefahr würde wohl auch zu überstehen sein. Die tapfern Reden des Schiffsvolks hatten ihm Mut gemacht, und er meinte, da sie so viele seien, würde es der Dieb wohl nicht wagen, sie anzugreifen. Sollte er aber doch so verwegen sein, so wollte er, Hans, schon seinen Mann stehen und sich wacker mit verteidigen.

War er auch nur eines Schusters Kind, so war er doch ein ganz braver Bursche, der in Bergen auf der Straße bei den andern Knaben etwas Rechtes galt.

Und dann hatte ihm das Verhalten der beiden fremden Jungen gezeigt, wie man sich in Gefahr benimmt. Der Große hatte sich lachend einschließen lassen, und der Kleine war ebensowenig eingeschüchtert mit den Leuten an Land gefahren, als erlebten sie solche Dinge alle Tage und wüßten, daß das nichts auf sich hatte.

Hans hatte wohl Lust, mit dem Jungen in der Kajüte zu sprechen, aber er wagte es nicht, Karsten Thodes wegen. Aber als der Koch dem Jungen etwas zu essen brachte — denn sie wollten ihn wohl festhalten, aber nicht schlecht behandeln, da sie doch nicht wußten, ob er schuldig sei oder nicht — da ging Hans mit ihm hinunter und fragte, ob er nicht bleiben dürfte.

"Warum nicht," meinte der Koch "Vertreibe ihm die Zeit ein bißchen."

Hans setzte sich dem Jungen gegenüber, der an beiden Beinen gefesselt war, aber ruhig an dem Tische saß, seine langen Arme um die Suppenschüssel legte und den Löffel fleißig gebrauchte.

Das sind Fäuste, dachte Hans, und was für ein langer Kerl er ist. Und er gefiel ihm, denn er hatte ein frisches, offenes Gesicht mit hellen blauen Augen.

"Kommst du nun nicht wieder frei?" begann Hans das Gespräch.

"Ach," sagte der Junge, als wäre das eine Sache, die sich schon wieder in die Reihe ziehen würde.

"Du bist kein Norweger?"

"Nein, ich bin aus Rostock."

"Ach, Rostock! Da ist Michel Heere auch her, der mit dem andern Schiff, der von uns abgekommen ist. Das war aber auch ein Sturm!"

"Michel Heere sagst du?"

"Ja, so heißt er."

"Das ist ja meines Schiffers Bruder," sagte der Junge erstaunt, "was ist mit dem?"

Hans erzählte, was er wußte.

Dann erzählte auch der andere, daß er Kambüsenknecht bei dem Christian Heere aus Rostock sei. Dem habe aber der Räuber sein Schiff genommen, und nun sei der Schiffer nach Hause, um Lösegeld zu holen. Er aber und der Steuermann seien hier geblieben, um auf den Schiffer zu warten.

„Weiß Karsten Thode das?" fragte Hans.

„Wer ist das?"

„Das weißt du nicht? Das ist ja unser Schiffer!"

„So, ist das euer Schiffer? Nun, woher sollte ich das wissen. Er hat ja auch gar nicht weiter nach mir gefragt. Aber sag mal, was bist du eigentlich auf dem Schiff? Du siehst mir nicht aus wie ein Fahrensmann."

Da erzählte Hans, wie er zu Karsten Thode an Bord gekommen sei, und daß er nach Lübeck zu den Großeltern wolle.

So wurden sie vertraut, und es erzählte dann auch der Junge seine Geschichte, die nicht besonders aufregend war.

Er hieß Wilhelm Kofoot, war in Rostock geboren und fuhr schon an drei Jahre mit Christian Heere nach Norwegen, obgleich seine Mutter ihn gerne an Land behalten wollte, denn der Vater war tot und sein Bruder irgendwo in England, Gott weiß wo.

Er möchte aber nicht an Land sein, sagte er, und es wäre gut bei Christian Heere an Bord, und den Michel Heere kenne er auch. Das sei auch so ein tüchtiger Schiffer, wenn er auch nur mit einer kleinen Schute führe.

Da wunderte sich Hans, daß der Junge das nicht alles an Karsten Thode erzählt habe, dann brauchte er doch nicht hier so im Eisen zu sitzen.

Wilhelm Kofoot aber lachte und meinte, das wäre ihm ganz recht, dann säße er sicher. Denn der Räuber hätte ihn und den andern kleinen Jungen gezwungen, Spione zu sein. Wenn es zum Kampfe käme, wollte er lieber seinen Mann gegen sie stellen als für sie.

Während sie so sprachen, hörten sie plötzlich über sich eine Unruhe an Deck.

„Sie kommen," rief Hans und sprang schnell auf. Er meinte, es wäre Gerd Korfmaker mit den Leuten, die vom Lande zurückkehrten.

Als er aber nach oben kam, sah er, daß er sich geirrt hatte. Es zeigte sich ein langes Boot vor dem Hafen, das offenbar dem Räuber gehörte und wohl das Boot war, von dem jener Mann erzählt hatte, daß es unterwegs sei, eine vorübersegelnde Schute zu nehmen, und jeden Augenblick zurückkehren könne.

Karsten Thode kam sofort herauf, als ihm das Boot gemeldet wurde. Es war mit vielleicht zwölf Leuten bemannt und wohlbewaffnet, wie man gut sehen konnte. Und es fuhr schnell vorüber, als hätte es Eile, wieder nach dem Schiff hinter den Klippen zu kommen.

Karsten Thode sagte nicht viel. Er kniff nur die Augen etwas zusammen, als wollte er die Leute in dem Boot zählen, und dann meinte er, Gerd Korfmaker könnte sich auch ein bißchen beeilen. Damit ging er wieder hinunter.

Aber er war noch nicht lange unten, da kam Gerd Korfmaker mit seinen Leuten zurück und erzählte, was sie bei dem Bauern ausgerichtet hätten.

Das wäre nicht viel, meinte Karsten Thode.

Als er aber von dem Mann hörte, der sie zuletzt noch gewarnt hatte, und dessen Kambüsenknecht der gefangene Junge sein solle, da wußte er doch genug.

„Das Boot ist bereits zurück," sagte er, „eben fuhr es da draußen vorüber. Wohl zwölf Mann und gut bewaffnet. Nun müssen wir aufpassen."

Und dann ließ er sich den Jungen holen, um ihn auszufragen.

Der wiederholte, was er schon Hans erzählt hatte. Und als sie hörten, daß er bei Christian Heere sei, dem der Räuber sein Schiff genommen habe, und den Karsten Thode und Gerd Korfmaker gut kannten, glaubten sie ihm und sagten, es solle sein Schaden nicht sein, daß sie ihn hätten in Eisen gelegt.

Er wolle es ihnen nicht verdenken, sagte Wilhelm Kofoot; wenn sie ihn nur jetzt erleichterten, wäre er es zufrieden und wolle ihnen treulich beistehen gegen den Räuber.

Da nahmen sie ihm die Eisen ab, und er mußte ein Glas Wein mit Karsten Thode trinken und erzählen, wie es mit Christian Heere geschehen sei, und was er von den Räubern wisse,

„Die liegen wohl schon seit Wochen da hinter den Klippen," erzählte der Junge. Sie aber hätte er auf offener See überfallen und dann hierhergeschleppt.

„Habt ihr euch denn nicht tüchtig gewehrt?" fragte Karsten Thode.

„Was sollten wir machen? Sie waren in der Überzahl. Und da gaben wir gutwillig bei, und Christian Heere bot ein Lösegeld für sein Schiff, und sie gingen darauf ein."

„Und eure Leute?"

„Ein paar sind zu ihm übergegangen. Und die andern sind bei dem Bauern in der Herberge."

„Und du?"

„Ich und Timm auch," sagte der Junge.

„Wer ist Timm?"

„Das ist unser Steuermann, Timm Kölln."

Das war aber der, der Gerd Korfmater und seine Leute zuletzt gewarnt hatte. Und sie dachten sich das so zurecht, daß er es sei, und beschrieben ihn, und der Junge sagte:

„Ja, das ist er."

„Und wo ist denn euer Schiff? Wir sahen keins."

„Das liegt schlimm genug," sagte der Junge. „Sie haben es aufgehauen, und wenn das Wasser hoch steht, läuft die Hulk voll. Sonst liegt sie trocken."

„Und das will der Christian Heere wieder auslösen?"

„Was soll er machen? Um hundert Goldgulden hat er sich mit ihnen vertragen."

„Nun, so wollen wir ihm helfen, so Gott will," sagte Karsten Thode.

Währenddessen hatte er aber schon durch Gerd Korfmaker Befehl gegeben, daß alle an ihrem Platz seien, denn es könne jetzt Ernst werden.

Auch Klaus Wente war benachrichtigt worden, ob er die Räuber habe fahren sehen. Und da er sie auch gewahr geworden war, handelte man nun im Einvernehmen, damit man auf alles gerüstet sei.

Von beiden Schiffen gingen die Leute an Land und holten einen Haufen Steine an Bord und füllten den Mastkorb damit, so viel sie unterbringen konnten.

Hans verwunderte sich dessen. Aber der Junge, der tapfer half, sagte zu ihm:

„Du wirst schon sehen, wozu die gut sind."

Dann legten sie die beiden Masttaue ineinander, damit sie, wenn es not wäre, die beiden Schiffe dicht zusammenbinden und einer dem andern besser beistehen könnte. Auch wurde alles Geschütz, das sie hatten, auf eine Seite gebracht.

Als es nun so Ernst wurde, wurde Hans doch ein wenig bange, und Gerd Korfmaker sah es ihm an und meinte:

„Nun kannst du etwas erleben, wovon du nachher noch lange erzählen kannst. Oder wärest du lieber zu Hause geblieben?

Sag nur ja, ich verdenke es dir nicht. Aber, will's Gott, läuft alles gut ab, und du kommst heil nach Lübeck. Geht's aber los, so gehst du unter Deck und hältst dich verborgen. Ich vergeß' dich nicht und will schon für dich stehen."

„Ach, Gerd, glaub doch nicht, daß ich bange bin," sagte Hans, sah aber gar nicht sehr tapfer aus. „Können sie uns denn etwas anhaben?"

„Das soll sich zeigen, Junge. Können sie schon, wenn sie die Übermacht haben. Aber ich denke, sie haben sie nicht."

Nun ging Wilhelm Kofoot gerade vorbei, der hatte eine Hakenbüchse in der Hand.

„Kannst du denn damit umgehen?" fragte Gerd Korfmaker.

„Will ich meinen," sagte Wilhelm und lachte.

Hans schämte sich vor dem Jungen, reckte sich und ging ihm nach und hielt sich bei ihm auf, denn er brauchte einigen Zuspruch.

Da alles getan war und es keine Arbeit für sie gab, setzten sie sich in eine Ecke zusammen.

Gerd Korfmaker aber stellte Wachen aus und hielt selbst fleißig Umschau, denn sie ahnten alle, daß nun die Zeit gekommen war.

Am Abend kamen denn auch die Hauptleute der Räuber mit einem Boot bis an die Klippen im Hafen und beobachteten von da aus die beiden Hanseschiffe, wie sie ihnen wohl am besten beikommen könnten.

„Schade, daß sie so weit ab sind," sagte Jürn Püttjer, „sonst möchte ich sie wohl gleich herunterschießen."

„Spar das nur auf, Jürn," sagte Gerd Korfmater. „Wir kriegen sie schon näher."

Das Räuberboot lag ziemlich lange da, sehr zum Ärger der Leute.

„Die denken sich gemütlich einen Plan aus," sagte Jürn, „solche Frechheit!"

„Ja, frech sind sie, Jürn," sagte Gerd wieder. „Hast du schon mal bescheidene Räuber gesehen?"

„Bescheiden nicht, aber feige."

„Das gewöhnliche Diebsgesindel ist wohl feige, was da so an Land herumfährt im Dunkeln und lange Finger macht; aber das glaubst du wohl doch von denen da selbst nicht, was?"

„Aber wir haben uns denselben Wind um die Nase wehen lassen und wissen auch, wie's gemacht wird. Und wenn sie nur achtzig Mann haben, wir haben über hundert," sagte Jürn.

„Sie haben wohl nicht viel mehr auf ihrem Krayer. Wir aber sind zwei, und wenn nur jeder seine Pflicht tut —"

„Da verlaß dich drauf," sagte Jürn und spuckte aus.

Endlich fuhr das Räuberboot wieder weg. Inzwischen war es sehr dunkel geworden, und die Nacht brach an.

Es war bedeckte Luft, und nur dann und wann blinkte ein Stern auf. Leise schlug das Wasser an den Schiffsrumpf. Es war ganz still. Nur einmal ein Knarren der Schiffstaue und ein verlorener, unbestimmter Laut vom Land her.

Aber in dieser Nacht waren sie alle doppelt wachsam, und es schlief nur die Hälfte der Mannschaft und hatte die Waffen zur Hand liegen, obgleich man eigentlich nicht fürchtete, daß der Räuber im Dunkeln angreifen würde.

Hans lag und konnte nicht schlafen. Er wunderte sich, daß neben ihm die Schiffsleute sich ruhig dem Schlummer überließen, als gäbe es keine Aussicht auf Kampf und Tod. Und hier und da kam ein ruhiges, gleichmäßiges Schnarchen, ab und zu warf sich ein Schläfer auf die andere Seite oder redete im Traum.

Wilhelm Kofoot war oben an Deck unter den Wachenden. Hans wäre gern bei ihm geblieben, aber Gerd Korfmaker hatte ihn hinuntergewiesen, denn die Wachen sollten ihre Aufmerksamkeit durch nichts ablenken lassen. Und von Hans und Wilhelm Kofoot wußte er, daß sie die Köpfe oft zusammenstecken würden. Wenigstens traute er Hans nicht.

Er hatte auch nicht unrecht darin, denn Hans war das Herz schwer genug, und er hätte es gern erleichtert. Ein anderer aber als Wilhelm Kofoot stand ihm nicht lange Rede mehr.

„Keine Zeit jetzt, mein Jung."

Ach, es war Hans schwül zumute, alle seine Tapferkeit war dahin, und jetzt im Dunkel der Nacht schuf sich seine Phantasie die schrecklichsten Bilder, die ihn ängstigten.

Er hatte wohl schon einmal von einer Seeschlacht gehört, und wie in der Wut des Kampfes kein Pardon gegeben würde und auf dem kleinen Raum eines Schiffsdecks Mann gegen Mann zu stehen hätte. Und nun gar das wilde Volk der Seeräuber, das über Bord warf, wen es nicht totschlug. Wilhelm Kofoot hatte davon erzählt, und nur der Umstand, daß sein Schiffer sich gleich ergeben hätte, hätte das Schlimmste abgewendet.

Warum hat Karsten Thode das nicht auch getan, dachte Hans. Er hätte schon ein Lösegeld aufgetrieben in Lübeck. Die wollen doch nur die Ladung und wollen Geld, und sein Schiff hätte Karsten Thode dann wohl wiederbekommen, und sie alle wären dann doch am Leben geblieben, und das schien Hans doch die Hauptsache.

Zu Hause in Bergen lagen sie nun alle in den Betten und schliefen sanft und dachten gewiß nicht, daß er hier so nahe vor seinem Tode wäre. Und vorher hatten sie um den Tisch gesessen und hatten Fisch gegessen. Und der Vater hatte den Abendsegen gesprochen. Und er sah sie alle sitzen und fleißig zulangen, und sie ließen es sich schmecken, und sein Platz war leer und stand auch kein Teller da und kein Stuhl mehr. Ob sie wohl gar nicht seiner gedachten, gar nicht von ihm sprachen zu Hause? Gewiß, das würden sie schon, und von den Großeltern würden sie sprechen und sich auf seine Rückkehr freuen. Ach, was er dann alles zu erzählen haben würde! Ach, die armen Eltern, wenn sie wüßten, wie es ihm jetzt vielleicht ergehen sollte!

Ein großes Mitleid mit sich und seinen Eltern erfaßte ihn, und die Tränen traten ihm in die Augen, und er weinte im Dunkeln unter allen den schnarchenden Schläfern, bis er sich satt geweint hatte und einschlief.

Und da brachte ihn der Traum wieder nach Haus. Und er saß in der Werkstatt des Vaters bei den Gesellen, und es roch nach Pech und Leder, und die Hämmer klopften, und die Hände flogen und zogen den Pechdraht, und der Altgeselle schlug dem Lehr= jungen eins hinter die Ohren, warum, wußte Hans nicht, und der Lehrjunge schien's auch nicht zu wissen, denn er machte ein ganz verdutztes Gesicht. Und wunderlich war es, daß alle so anders aussahen als sonst, lauter fremde Leute, die aber doch taten, als ob sie ihn kannten. Und dann trat Gerd Korfmaker ein mit ein paar großen Seestiefeln, die aber ganz naß waren und leckten. Die wollte er neu besohlt haben. Und der zweite Geselle, der aussah wie Jürn Püttjer, nahm sie ihm ab und stellte sie beiseite. Gerd Korfmaker aber gab kaum acht auf Hans und tat, als ob er ihn gar nicht kennte.

Während Hans so träumte, saß Wilhelm Kofoot oben an Deck auf einer Rolle Tau und wachte und schlug sich die Arme um den Leib, denn es war scharf kühl, und er hielt die Augen offen, wie die andern Wachtleute, und die Ohren auch.

Er dachte auch wie Hans: Das kann bös werden morgen. Aber wenn er das dachte, ballte er jedesmal die Faust und biß die Zähne aufeinander.

„Die Kerls! Christian Heere hat sich nur bange machen lassen. Wir hätten uns nur auch wehren sollen. Na, diesmal treffen sie auf die rechten Leute. Wenn die am Lande nur wüßten, was hier vor sich gehen soll. Sie könnten uns gut helfen. Aber sie liegen bei den Bauern und getrauen sich nicht. Denn die Strandbauern sind auch so halbes Räubervolk. Strandgut gehört ihnen, und wenn sie es mit den Kerls da hinter der Klippe halten, fällt auch wohl für sie etwas ab, denken sie."

Um die halbe Nacht konnte Wilhelm Kofoot auch hinuntergehen zum Schlafen. Da wurden die Schnarchenden ermuntert und mußten nun nach oben. Sie waren auch alle gleich auf den Beinen und besannen sich nicht lange. Sie hatten sich eben die Augen gerieben, da wußten sie schon, um was es sich handelte, und wenn sie auch noch so schön geträumt hatten.

Hans jedoch durfte unten bleiben und weiterschlafen. Wilhelm Kofoot legte sich jetzt neben ihn, und mit dem hätte er gern gesprochen. Aber der lag kaum, so hatte er auch schon die Augen zugemacht.

„Können sie bald kommen?" fragte Hans leise und ängstlich.

Wilhelm Kofoot murmelte nur etwas Unverständliches, und als Hans zum zweitenmal fragte, bekam er nur ein tiefes Schnarchen zu hören. Da dachte Hans:

„Vielleicht ist es nicht so schlimm, wenn der so ruhig schlafen kann."

Und je lauter Wilhelm Kofoot schnarchte, desto ruhiger wurde Hans. Und zuletzt schlief auch er wieder ein.

Viertes Kapitel.

Kaum begann der Tag, — es war der Sonnabend nach Allerheiligen, — so wurden auch die letzten Schläfer munter. Der Wind blies nun gerade von der See herein.

„Wir sitzen hier wie in einer Falle," sagte Karsten Thode, „und können nicht heraus. Wenn er uns jetzt etwas anhaben will, hat er guten Wind."

Wie er das sagte, kam von der Seite, wo der Räuber lag, ein großer Haufe auf die Klippen gelaufen und fing an, mit Messern und mit den bloßen Händen das Moos von den Steinen abzukratzen.

„Was treiben die da? Wollen sie sich auspolstern?" sagte Karsten Thode. Er meinte aber, wenn sie dazu jetzt Zeit hätten, würden sie doch nicht an einen Überfall denken, und erlaubte, daß seine Leute in zwei Booten an Land fuhren, um Holz zu schlagen.

Jene hatten sich mit ihrem Moos bald wieder davongemacht.

„Aber sowie ich pfeife, kommt ihr zurück," sagte Karsten Thode.

So fuhren sie ab, schlugen Holz, und einige machten sich daran, ihre Wäsche an Land zu waschen. Sie stellten aber vorsichtigerweise eine Wache aus, die ging auf der nackten Klippe spazieren und hielt fleißig Umschau.

Es mochte wohl eine halbe Stunde vergangen sein, währenddessen die Schläge der Holzfäller zu den Schiffen herüberschallten, als der Ausguckmann auf der Klippe anfing zu rufen und zu winken, und er rief so laut, als er konnte, durch die hohle Hand:

„Da kommt ein Schiff und kommt auch eine Schute her, wo die da drüben liegen."

Sobald das Karsten Thode hörte, gab er ein Zeichen mit der Schiffsflöte, daß die, so an Land gegangen waren, sofort zurückkämen.

Sie machten sich auch sofort in die Boote und waren eilends an Bord und rüsteten sich, die Befehle Karsten Thodes und Klaus Wentes auszuführen.

Karsten Thode aber als der ältere hatte den Oberbefehl. Und er ließ sogleich die beiden Schiffe dicht zusammenholen, daß sie Seite an Seite lagen wie zwei Freunde, die füreinander einstehen wollen. Und es dauerte nicht lange, da war alles klar gemacht.

Hans Krummendiek war nicht ohne Angst. Er wäre gern dageblieben, wo es am sichersten für ihn war. Aber wo war das? Zu Hause in Bergen! Aber das war nun weit davon. So meinte er sich da am besten geborgen, wo er nicht weit von den andern wäre, von den Schiffsleuten, dachte dann aber wieder, nein, unten ist's jetzt wohl am besten. Gerd Korfmaker meinte das auch und schickte ihn dorthin.

„Junge, du bleibst hier und bist ganz ruhig. Es soll dir nichts geschehen. Ich sorge dafür."

Und Wilhelm Kofoot, der mit der Hakenbüchse nach oben ging, versprach ihm dasselbe.

So blieb Hans unten in Gerd Korfmakers Logis und wartete in dumpfer Beklommenheit, daß oben der Lärm beginnen sollte, und zitterte vor dem ersten Schuß.

Oben aber war man auch in tapferer Erwartung des Kampfes. Und es dauerte nicht lange, da kam der Dieb vor den Hafen und ließ alsbald auf die Schiffe loslegen, und es lief ihm eine Schute voraus.

Karsten Thode aber war wachsam und sagte:

„Die Schute, die vor ihm läuft, wird Feuer an uns bringen. Schnell, bemannt die Espinge, damit ihr, wenn er näher kommt, dem Feuer unter die Augen rudert und es ablenken könnt."

Da waren sie flugs in den zwei Booten, von beiden Schiffen welche, und ruderten der Schute entgegen. Und es war so, wie Karsten Thode gesagt hatte. Der Räuber steckte die Schute an, und diese trieb gerade auf die Schiffe zu.

Aber die Espinge waren bald an sie herangekommen und versuchten, das Feuer über die Seite vorbeizusteuern. Und es wäre ihnen auch geglückt, wenn nicht der Räuber ihre Absicht gemerkt und schnell ein großes Boot bemannt hätte, das nun heranjagte und sie wieder von der Schute vertrieb.

Da kamen die in den Espingen zurück und legten sich nun quer vor die Schiffe, um das Feuer, wenn es käme, mit den Spießen vorüberzuschieben. Oben an Bord stand Karsten Thode und sagte zu Gerd Korfmaker:

„Laß sie nur herankommen, wir wollen es ihnen schon segnen. Wenn sie nur nahe genug kommen."

Die brennende Schute aber kam immer näher. Und als sie so nahe war, daß sie von der Schlange zu erreichen war, gab Karsten Thode ein Zeichen, und Piet Alf, ein kleiner, krummbeiniger Kerl, der bei der Schlange stand, feuerte den ersten Schuß ab. Der traf gut und ging gerade durch das Feuer, daß die Flammen davonstoben.

Da stürzten drei Kerle aus der Schute heraus, warfen sich schleunigst in ein kleines Boot und ließen das Feuer treiben.

Gerade wollte Karsten Thode noch einmal feuern lassen, als das Segel der Schute anbrannte und ganz wegbrannte, so daß sie nicht mehr im Winde lief, sondern quer an den Schiffen vorübertrieb und so ungefährlich wurde.

Da stimmten sie auf den Schiffen ein Hohnlachen und Hurrarufen an.

Der Räuber aber mochte wohl ärgerlich sein. Er machte jetzt Anstalten zum Angriff. Er ließ einen Anker fallen, befestigte seine Trossen aneinander und segelte sie aus, um, wenn sein Angriff nicht glückte, sich gegen den Wind wieder einwinden zu können.

„Jetzt kommen sie," sagte Karsten Thode und sah sich um, daß auch jeder auf seinem Posten stehe und sich tapfer hielt. Und sie verstanden alle seinen Blick.

Und Klaus Wente stand auf seinem Schiff und konnte Karsten Thode sehen, und sie machten beide eine Armbewegung gegeneinander, die so viel heißen sollte als: Jetzt gilt es!

Und es galt.

Der Räuber kam mit seiner Jock daher, geradeswegs, und man konnte deutlich sehen, wie seine Vorkehrungen waren. Er hatte sein sämtliches Geschütz auf eine Seite gebracht und hatte ebenda auch eine Brustwehr von Tonnen aufgebaut und die Tonnen mit altem Gerümpel gefüllt und zwischen je zwei Tonnen eine Hakenbüchse aufgestellt. Und das meiste Volk war auf der Kuhbrücke.

So kamen sie heran, und man sah, sie waren nicht zu verachten und waren willens, Ernst zu machen. Da sagte Karsten Thode:

„Kinder, verzagt nicht! Kriegt sogleich den Wimpel her und laßt ihn fliegen und setzt die Marsrahen in die Piet, daß die Enden steil in die Höhe stehen, damit er sieht, daß er Leute vor sich hat, die sich zu wehren gedenken."

Und dann verbot er, wenn jeder sich mit Rohren, Haken und Schlangen fertig gemacht, eher zu schießen, als er in die Flöte stieße. Er wolle wohl sehen, wenn es Zeit wäre. Wenn er aber pfiffe, dann sollte jeder sein Bestes tun und ja auf die Kuhbrücke zwischen den Haufen halten. Es dürfe kein Schuß unnütz getan werden.

Als nun der Räuber sah, wie die Wimpel auf den Schiffen aufflogen und die Marsrahen in die Piek gingen, da ließ er auch sein Fähnlein wehen, um zu zeigen, daß er nun wohl wisse, daß man sich wehren wolle und es nun also darauf ankommen solle.

Und dann kam er quer angelaufen, gerade auf Klaus Wente zu. Da wurde es den Leuten doch schwer ums Herz, und sie konnten sich kaum halten. Aber Karsten Thode stand da und machte nur große Augen und wartete bis aufs letzte.

Aber jetzt, bevor der Räuber hart an Bord kam, pfiff er in sein Sifflet. Ei, das klang lang und gellend!

Und fast mit dem Pfiff zusammen gingen alle Geschütze los und waren alle auf die Kuhbrücke gerichtet und schossen in den dichten, blanken Haufen hinein.

Das gab ein Geschrei und Gestürz und Gelauf, und da sie so schnell nicht hinunter konnten, blieben die meisten auf der Kuhbrücke liegen und konnten nicht wieder aufstehen.

Nun wollte der Räuber sein Focksegel streichen, um richtig manövrieren zu können. Aber Karsten Thode schickte seine Leute Klaus Wente zu Hilfe. Und die Steine flogen aus beiden Marsen und machten dem Räuber so arg zu schaffen, daß er nicht an seinen Fock herankommen konnte. Und er konnte es nicht ändern, sein Schiff schwenkte verkehrt um, so daß alle seine Geschütze nach der Felsenseite hin auf die Klippen gingen, und daß ihm seine Brustwehr mit den Tonnen auch nichts mehr nütz war.

Er lief also dergestalt, daß sein Ausleger auf Klaus Wentes Bord zu liegen und sein Bugspriet in dessen Focktakelage zu stehen kam.

Da saß er nun schön darin, wäre aber wohl wieder abgekommen, doch es liefen zwei Bootsleute von Klaus Wente an die Focktaue und hieben den Steven* und die Bugleinen** von seinem Bugspriet, so daß die Takelage in Klaus Wentes Schiff fiel, aber noch an dem Schiff des Räubers befestigt blieb.

Da packten sie alle zu, zogen an den Tauen und holten den Räuber so dicht heran, daß er vorquer lag und weder rück- noch vorwärts konnte. Und dann segneten sie ihn mit Schüssen und mit Steinen aus den Marsen, daß er es gern besser gesehen hätte.

Hans Krummendiek in seinem sicheren Versteck zitterte nicht wenig bei dem fürchterlichen Lärm, womit der Kampf eröffnet worden war.

So wenig Zeit alles in Anspruch genommen hatte, so schien es ihm doch eine Ewigkeit. Und niemand kam, sich nach ihm umzusehen.

Auch Wilhelm Kofoot ließ sich nicht blicken, und hatte es ihm doch versprochen. Ach, vielleicht lebte er gar nicht mehr, und die Räuber waren schon auf dem Schiff, und es würde nicht lange dauern, dann würden sie kommen und ihn finden, und dann würden sie ihn töten!

---
* Die nach vorn ragende Spitze des Bugspriets.
** Starke Taue, die zur Befestigung der Maste dienen.

∙∙∙

Ob er sich einmal hinausgetrauen sollte? Nur einen Blick aus der Luke?

Aber die Tür war verrammelt, und er konnte nicht aus dem Raum heraus, in den Gerd Korfmaker ihn vorsichtig festgesetzt hatte, als eine ihm anvertraute Ladung, die er heil und sicher an seinen Bestimmungsort abliefern wollte.

Hans ergab sich in sein Schicksal, konnte sich aber doch der Angst, daß man ihn hier vergessen könne, nicht erwehren. Aber die Scham stellte sich bei ihm ein, wenn er an Wilhelm Kofoot dachte, der doch nur zwei Jahre älter war als er und tapfer da oben mitfocht.

Wilhelm Kofoot aber hatte in der Hitze des Kampfes auch nicht ein einziges Mal an Hans Krummendiek gedacht. Wie sollte er auch Zeit dazu haben.

Wilhelm Kofoot, so arglos und ein wenig einfältig, wie er aussah, war doch schon ein ganzer Kerl. Er war ruhig und kaltblütig, aber vor allem hatte er eine sichere Hand, und wo er hinhielt, da traf er. Und er lachte, wenn er daran dachte, daß Gerd Korfmaker gemeint hatte, ob er auch mit der Büchse umzugehen wisse. Das hatte schon mancher der Räuber erfahren.

Als sie nun so mit Schüssen und Steinen über jene kamen, stand der Hauptmann der Diebe hinten auf dem Verdeck gegen das Nachthaus und hatte ein Rapier in der Hand. Er war ein großer, schöner Mann mit einem roten Bart und einer schwarzen Feder auf dem Barett. Und sein Gesicht war rot vor Zorn und

Wut, und er schrie, daß man es hören konnte, sein Volk solle doch nur in Teufels Namen entern. Und in seiner großen Bosheit riß er den Mund auseinander und steckte die Zunge weit heraus.

Das sah Wilhelm Kofoot.

„Der Kerl, der will uns die Zunge zeigen. Da soll er etwas zu schmecken kriegen."

Und er legte an auf ihn und traf ihn, daß er die Beine in die Höhe kehrte und sofort tot war.

Das gab den Hansischen Mut, als sie den Räuber fallen sahen. Und die gesehen hatten, daß Wilhelm Kofoot es getan hatte, wandten sich zu ihm und winkten ihm zu.

Jene aber, die ihren Hauptmann erliegen sahen, wurden zaghaft und fingen an, durcheinanderzulaufen.

Nun aber war unter ihnen einer, der war ein so guter Schütze wie Wilhelm Kofoot. Der stand vor der Greep am Vordersteven und schoß von da aus einmal acht Mann von Karsten Thodes Leuten nacheinander tot. Und jetzt hatte er gerade den alten Thode in den Arm getroffen, daß der zusammenzuckte und ein wenig taumelte.

Das hatte der Koch gesehen und kam zu Wilhelm Kofoot und sagte:

„Du, da steht ein Kerl an der Greep, der hat unsern Schiffer geschossen, kannst du den nicht auch treffen wie den roten Räuber?"

„Kann ich," sagte Wilhelm Kofoot, „laß mich man mal heran."

Und als er ihn sah, schoß er ihn auch wirklich durch den Kopf, daß er gerade so umfiel wie der Hauptmann, die Beine nach oben, und ebenfalls nicht wieder aufstand.

Aber kaum hatte Wilhelm Kofoot den unschädlich gemacht, als er selbst umfiel, eine Kugel hatte ihn in die Seite getroffen. Und da lag er auf Deck und schrie ganz laut in seinem großen Schmerz, und das Blut floß an ihm hin.

Da hoben ihn ein paar Leute auf und legten ihn an eine Stelle, wo er geschützt lag, und sagten es Gerd Korfmaker.

Der zuckte nur die Achseln. Es lagen da mehr Tote und Verwundete.

Seitdem aber der Mann an der Greep nicht mehr war, verloren sie weniger Leute. Aber es fehlte allmählich an Steinen, denn mit den Geschossen allein wurden sie nicht fertig. Und da nun das Werfen etwas weniger wurde und auch der beste Schütze dalag und nicht mehr helfen konnte, schien es, als gewännen die Räuber wieder neuen Mut.

Da aber kam Klaus Wente auf den Gedanken und ließ den Herd in seinem Schiffe abbrechen und die Steine auf Deck winden und in die Marsen.

Da bekamen die Diebe es wieder mit der Angst und riefen, sie wollten sich ergeben.

„Nichts da," sagte Karsten Thode, „nun wollen wir erst recht über sie. Macht die Taue etwas los."

Er meinte die Taue, womit das Räuberschiff festgemacht war, und sie lösten die Taue etwas und ließen jenes näher an Bord schwenken. Und dann ging's mit Geschrei hinüber.

Als sie aber kamen, waren die Diebe unter dem Verdeck kamen aber alsbald mit Beilen und Spießen wieder herzugesprungen und gedachten ihre Angreifer zu überraschen. Die aber eilten wieder zurück, kamen an ihr Geschütz und hielten sie so warm, daß sie die Boote zu suchen begannen. Da stürzten die Hansen wieder über sie und ließen sie Degen und Handbeil fühlen.

Das war keine leichte Sache, denn die Räuber wehrten sich verzweifelt und waren kühne und starke Leute. Da mußte auch Jürn Püttjer noch dran glauben, der gerade einem Räuber den Kopf gespalten hatte, und dem ein Spieß zwischen die Rippen fuhr, daß er mit einem Wehlaut zusammensank.

Und Karsten Thodes Koch, der Wilhelm Kofoot auf den Kerl an der Greep aufmerksam gemacht hatte, und der dann mit dem Handbeil gar wacker um sich geschlagen hatte, bekam einen Hieb, der ihm den Kopf spaltete. Und es ging noch manchem guten Manne so.

Aber Klaus Wentes langer Bootsmann, der Pitter Roth, sprang zwischen sie und wütete wie ein Berserker. Da mußten die Räuber allmählich unterliegen. Nur zehn Mann entkamen in einem Boot, und nur sechs wurden gefangengenommen. Alle andern lagen tot auf Deck.

Auf das fliehende Boot aber schoß Gerd Korfmaker noch aus ihrem eigenen Geschütz und traf einen. Die andern aber erreichten den Außenhafen und eine kleine Jacht, die eine gute Strecke vor ihnen mit fünf Mann ruderte, dahinein stiegen sie und ließen das Boot mit dem Erschossenen treiben.

Auf den Hanseschiffen aber herrschte jetzt großer Jubel, als sie so den Sieg errungen hatten. Die Opfer freilich beklagten sie sehr, denn es war mancher gute Geselle draufgegangen. Die meisten Toten aber lagen auf dem genommenen Schiffe.

Wer aber von den Verwundeten noch lebte, wurde gefangengesetzt. Dabei bemerkte man, daß unter Deck noch Leute waren, und man glaubte, es seien Räuber, und ging mit Waffen hinunter, sie zu fangen. Aber es waren zwei arme Gefangene, die sie unter den Luken fanden. Die waren angeschlossen und riefen:

„Schonet unser, liebe Brüder, denn wir sind arme Gefangene!"

Da wurden sie gelöst. Und als sie nach oben kamen, erkannte Karsten Thode sie als Hinrich Stichhahn und den jungen Köpke Thonagel aus Hamburg. Die hatten fünf Wochen lang gesessen und Schlimmes erduldet. Als sie nun sahen, wie es ihren Peinigern ergangen war, daß sie alle tot lagen, gönnten sie es ihnen von Herzen und dankten Gott und ihren Befreiern.

Köpke Thonagel aber, der noch jung und heißblütig war, als er nun des toten Hauptmanns ansichtig ward, der mit seinem roten Bart und seinen starren Augen gar schrecklich dalag, gab er ihm in hellem Zorn einen Fußtritt.

Karsten Thode schüttelte mißbilligend den Kopf, aber Köpke Thonagel sagte:

„Er hat es nicht besser verdient."

Dann faßten sie mit an und halfen, die Leichen der Räuber über Bord zu werfen. Mit den Verwundeten unter den eigenen Leuten ging man liebreich um, bettete sie, so gut es ging, und pflegte sie.

Zu ihnen gehörte auch Wilhelm Kofoot, der noch atmend in seinem Blute lag, da, wo sie ihn hingelegt hatten. Er stöhnte sehr, als sie ihn aufhoben, und hatte große Schmerzen zu erleiden.

Jetzt war auch für Hans Krummendiek die Stunde gekommen, wo sie ihn herausließen. Und als er des verwundeten Wilhelm Kofoot ansichtig wurde, brach er in Tränen aus. Aber sie ließen ihn weinen und kümmerten sich nicht viel um ihn. Auch Gerd Korfmaker nicht, der jetzt andere Dinge im Kopfe hatte und ihm nur einmal einen Blick zuwarf, der deutlich sagte: Du hättest auch lieber zu Hause bleiben sollen.

Hans Krummendiek war sehr unglücklich, er fühlte sich überflüssig und schlich sich auf die Seite. Er war sehr hungrig, aber der Koch war tot, und er wußte nicht, an wen er sich wenden sollte. Er verwünschte diese Seereise und dachte, wenn er doch nur zu Hause geblieben oder jetzt bei den Großeltern wäre.

Da kam Gerd Korfmaker und redete ihn an; der hatte einen von den Leuten bei sich, zu dem sagte er:

„Koch uns etwas, Piet, so gut du es verstehst; wir haben alle Hunger."

Dem Manne, dem Piet, ging Hans nach und bat:

„Gib mir auch zu essen."

„Wieviel Diebe hast du denn erschlagen?" fragte Piet.

Der Mann aber lachte dabei und gab ihm eine Schnitte Brot.

„Da, iß nur, bist wohl ordentlich bange gewesen, was?"

Fünftes Kapitel.

Diesem blutigen Sonnabend folgte ein trauriger Sonntag. Zuerst wurden die Leichen der erschlagenen Räuber aus dem Hafen gebracht und in die See geworfen. Natürlich hatte man sie vorher ausgeplündert. Denn was diese Diebe besaßen, war gestohlenes Gut, und warum sollte man es ihnen lassen? Auch war solches Plündern Recht und Brauch, und man hatte es wahrhaftig mit Blut bezahlt, reichlich genug.

Zehn Mann hatten sie auf den beiden Schiffen zusammen verloren. Die sollten nun am Lande auf dem Rysöer Kirchhof begraben werden.

Wohl zwanzig aber waren verwundet, darunter zwei schwer; das waren Klaus Wentes Steuermann und Wilhelm Kofoot.

Dieser verlangte auch an Land gebracht zu werden, wo er seine Leute hatte, bei denen er bleiben wollte, und mit denen er am leichtesten in die Heimat zurückzukehren gedachte. Auch hatten sie an Bord genug zu tun, und der Verwundete konnte es anfangs nicht zum besten haben.

Die Bauern und die Leute von Christian Heere, die bei ihnen sich aufhielten, kamen am Morgen nach dem Kampfe an Bord. Sie waren neugierig und taten sehr erfreut, vor allem die Schiffsleute, denn sie gönnten es dem Räuber wohl. Von den Bauern aber war es nicht gewiß, was sie getan haben würden, wenn jene gewonnen hätten, ob sie nicht mit ihnen gemeinsame Sache gemacht und ihren Anteil von der Beute verlangt hätten. Nun hofften sie, von dem Räubergut einiges abzubekommen als Belohnung dafür, daß sie sich still gehalten.

Karsten Thode, der das Volk kannte, sagte ihnen auch einiges zu, wenn sie versprächen, auf die Gräber der gefallenen Schiffsleute zu achten und ihnen sonst entgegenzukommen. Da waren sie willig und legten mit Hand an.

Es wurden drei Gräber geschaufelt. Dahinein legte man die Toten, je drei und drei und in das eine vier. Und sie lagen friedlich beisammen und fühlten ihre schrecklichen Wunden nicht mehr. Und Karsten Thode sprach an ihrem offenen Grabe ein kurzes Gebet nach Seemannsart.

Hans Krummendiek war auch mit an Land gekommen. Gerd Korfmaker hatte gemeint, es könne ihm nur gut sein, wenn er das sähe, und er würde es für sein Leben behalten, und es würde ihn ernst machen.

Hans Krummendiek meinte auch, er würde das nie vergessen. Und er dachte an Wilhelm Kofoot, der nun in seinen Wunden lag und so tapfer gewesen war und den Hauptmann erschossen hatte. Das nächste Mal, wenn er wieder so etwas erleben sollte, wollte er auch kämpfen und sich nicht wieder verstecken lassen. Für diesmal freute er sich freilich, daß er heilen Körpers war und gesund zu seinen Großeltern würde kommen können. Er überlegte nicht, daß er noch lange nicht in Lübeck war, und daß sich unterwegs noch allerlei ereignen konnte.

Als nun die drei Gräber geschaufelt waren und Karsten Thode sein Gebet gesprochen hatte, konnte Hans sich des Weinens nicht enthalten. Und da er durch alle ausgestandene Angst noch recht mitgenommen war, so weinte er recht herzzerbrechend, so daß sie sich alle verwundert nach ihm umsahen und er sich schämte.

Noch mehr schämte er sich, als er gewahr wurde, daß auch jener Bauer mit dem hübschen, blonden Mädchen unter der Menge war, die um die Gräber herumstanden, und daß jenes Mädchen ihn ebenso verwundert ansah. Er wagte gar nicht aufzusehen und stellte sich hinter den nächsten Mann, damit sie ihn nicht erblicken konnte. Denn er meinte nicht anders, als daß sie auch wissen müsse, daß er unten im sicheren Schiff gewesen sei, während die andern alle ihr Leben aufs Spiel gesetzt hatten. Und er hätte so gern in ihren Augen geglänzt; was würde sie nun von ihm denken.

Schnell trocknete er seine Tränen und rechtfertigte sich in seiner Seele vor ihr. Gewiß hätte er ebenso tapfer gekämpft wie Wilhelm Kofoot, wenn man ihn nicht festgehalten hätte. Gerd Korfmaker hatte es ja nicht anders gewollt. Wenn er ihr das nur sagen könnte. Aber sie würde es nie erfahren, denn wie wollte er sie wiedersehen und sprechen. Und er faßte einen Zorn auf Gerd Korfmaker, der ihn wie ein Kind behandelt hatte. Gerd Korfmaker hatte ihm überhaupt nichts zu sagen, er wollte sich das nicht wieder gefallen lassen.

So töricht war Hans Krummendiek, bloß weil er sich vor einem blonden kleinen Mädchen geschämt hatte.

Den ganzen Tag dachte er an sie. Und als er wieder an Bord kam, war ihm ordentlich schwer ums Herz, sie so nah zu wissen und doch nicht zu ihr kommen zu können.

Freilich wurden seine Gedanken bald gewaltsam abgelenkt, denn es gab viel Arbeit an Bord mit dem Aufräumen, und es war ein lautes Leben. Auch prahlten die Leute gewaltig mit ihren Heldentaten, und jeder hatte etwas zu erzählen, was er natürlich noch vergrößerte. Und es war, als wäre jeder von ihnen der gewesen, ohne den die ganze Sache eine böse Wendung genommen hätte.

Es schien zuletzt, als wollten sie nun selbst übereinander herfallen. Aber es sah nur so aus, denn sie waren alle noch laut und wild von dem gestrigen Kampfe, und das Schreien und Toben lag ihnen noch im Blut. Und es war bei Klaus Wente nicht anders als bei Karsten Thode.

Diese beiden selbst aber saßen in Karsten Thodes Kajüte mit Hinrich Stichhahn und dem jungen Köpke Thonagel am Tisch und tranken auf den glücklichen Sieg und ließen sich von den beiden befreiten Hamburgern erzählen, wie sie in die Gefangenschaft gekommen waren und was sie ausgestanden hatten.

Fünf Wochen lang waren die in der Gewalt der Räuber gewesen. Und sie sagten, daß es der Martin Pechlin von Fehmarn gewesen wäre. Der wäre der Schiffer und Hauptmann gewesen. Der Hauptmann über die Knechte aber wäre ein gewisser Bruhn von Göttingen gewesen. Beide seien gar entsetzliche Buben gewesen, die außer ihrem Schiff noch andere Schiffe genommen und verbrannt und die sämtlichen Leute hätten über die Planken gehen lassen, das heißt, lebendig ins Meer geworfen hätten. So hätten sie es auch mit ihren Knechten getan. Sie selbst aber hätten sie gefangengesetzt und ihren Steuermann nach Hause geschickt um Lösegeld. Denn sie hätten wohl gewußt, daß sie an Hinrich Stichhahn einen guten und reichen Fang gemacht, und daß er sich seine Freiheit etwas kosten lassen würde.

„Und wie haben sie euch behandelt in der Gefangenschaft?" fragte Klaus Wente.

„Nun, sie haben uns gerade am Leben gelassen, wie sie das wohl mußten, wenn sie Lösegeld haben wollten," sagte Köpke

Thonagel, „aber fett haben sie uns nicht gemacht. Und was sie mit Hohn und Spott haben ausrichten können, das haben sie uns angetan. Und oft haben sie uns mit dem Tode gedroht, obschon wir wußten, daß sie das nicht ausführen würden."

„Wie lange haben sie denn hier in Hyltenge hinter den Klippen gelegen?" fragte Karsten Thode.

„Das werden wohl zwei Wochen sein," antwortete Hinrich Stichhahn, „und währenddessen müssen sie wieder allerlei ausgeübt haben. Denn es war bald, nachdem sie hier eingelaufen, ein wüster Lärm und die Bauern kamen an Bord. Denen ist auch nicht zu trauen, wie überall an der Küste."

„Wir wissen, was das für ein Lärm war," sagte Klaus Wente. „Die Räuber haben dem Christian Heere aus Rostock sein Schiff genommen, und er sollte es auslösen. Der wird sich nun freuen."

„Wenn es ihm die Bauern nicht vorher zerschlagen," meinte Köpke Thonagel.

„Solange wir hier sind, werden sie es nicht tun. Aber ich hoffe, wir bekommen bald Wind und können hier heraus," sagte Karsten Thode. „Da mögen sie sehen, was sie tun, und Christian Heere muß es nehmen, wie es kommt. Er wird dann ja auch sein Lösegeld behalten."

So sprachen sie und tranken fleißig dazu, denn sie hatten viel Wein im Räuberschiff gefunden, und nicht den schlechtesten.

Köpke Thonagel aber, der vom langen Fasten schwach geworden war, konnte so viel Wein nicht vertragen, als er nun in seiner Freude zu sich nahm. Da legten sie ihn auf die Bank, daß er ausschliefe.

Die andern aber gingen auf das genommene Schiff, um zu sehen, was sie da alles noch finden würden. Denn es sollte alles geplündert und das Schiff dann angesteckt werden, wie es sich gehörte.

Als sie nun über Deck gingen, sahen sie Hans Krummendiek da stehen. Und Hinrich Stichhahn wunderte sich und sagte:

„Der ist doch kein Schiffsmann?"

„Nein, er ist eines Schusters Sohn aus Bergen, er will nach Lübeck," antwortete Karsten Thode.

Und Hans Krummendiek wurde rot und hätte sich gerne versteckt.

Hinrich Stichhahn aber nickte ihm zu und sagte:

„Du hast ja Großes vor; wo wohnst du in Lübeck?"

„In der Alfstraße," sagte Hans Krummendiek.

„In der Alfstraße? Da habe ich einmal einen Schilling verloren; sieh zu, ob du ihn wohl findest, dann kannst du ihn behalten."

Da lachte Hans Krummendiek.

Am Nachmittag kamen Leute vom Lande. Es waren die Leute von Christian Heere, die wollten Wilhelm Kofoot holen, und mit ihnen kam jener Bauer, dem das blonde Mädchen gehörte. Da dachte Hans Krummendiek: Bei diesem Bauern soll Wilhelm Kofoot also zu liegen kommen, und die Tochter wird ihn pflegen und wird immer um ihn sein. Ach, könntest du doch Wilhelm Kofoot sein!

Wilhelm Kofoot aber wäre gern Hans Krummendiek gewesen, denn er litt viele Schmerzen. Und als sie ihn nun aufhoben und ins Boot trugen, wimmerte er leise durch die Zähne.

Hans hätte gern Abschied von ihm genommen. Aber er wagte es nicht, und sie hätten ihn auch nicht herangelassen. Sie kümmerten sich überhaupt nicht um ihn, und er blieb sich selbst überlassen und stand ganz allein an der Reling und sah dem Boot nach, das mit Wilhelm Kofoot ans Land ruderte. Da hatten sich eine Anzahl Bauern und Schiffsleute aufgestellt, und auch das Mädchen stand da.

Hans ging nicht fort, bis das Boot drüben anlegte. Und er sah, wie sie den Kranken heraushoben, ihn auf eine Bahre legten und ihn wegtrugen. Er sah auch das Mädchen nebenher gehen. Es wandte nicht einmal den Kopf. Es wußte gewiß nicht, daß er hier stand. Ob es sich sonst nicht einmal umgesehen hätte?

Ob du sie nie wiedersehen wirst? dachte er. Und was wird das alles nun werden? Wie lange werden wir hier noch liegen?

Er wünschte, sie blieben noch lange hier, um noch einmal an Land gehen und Wilhelm Kofoot besuchen zu können. Man konnte ihn doch nicht einfach so liegen lassen und sich um ihn nicht kümmern. Nein, das konnte man nicht.

Und Gerd Korfmaker sagte abends dasselbe, als sie alle auf Achterdeck saßen, und die leichter Verwundeten mit ihren verbundenen Armen und Köpfen auch dabei waren und alle wieder tapfer ihr Garn spannen.

„Wir müssen doch sehen, ob er sein Recht dort kriegt," sagte Gerd Korfmaker. „Wenn er auch nicht zu unserem Schiff gehört, so hat er doch tapfer für uns gekämpft, und wenn er den Kerl mit dem roten Bart nicht abgeschossen hätte und den andern vor der Greep, so hätten wir wohl noch mehr verbundene Köpfe hier und läge mancher von uns nun drüben in Rysöe und merkte nie mehr, woher der Wind weht."

Als am andern Tage nun wirklich drei von ihnen an Land gingen, bat Hans Krummendiek, ob er nicht mitgehen dürfe, er hätte Wilhelm Kofoot doch noch gerne einmal gesehen, ehe sie wieder abführen.

Alle fanden das hübsch von ihm, und sie wollten ihn gern mitnehmen.

„Das ist recht," sagten sie, „sieh ihn dir nur noch einmal ordentlich an. So sehen die Jungen aus, die richtig zur See fahren."

„Laßt ihn," sagte Gerd Korfmaker, „er kann nicht dafür, daß er nicht schießen kann. Und ich hätte ihn dennoch eingesperrt, denn er soll heil nach Lübeck. Nicht wahr, Junge, das habe ich deinem Vater versprochen?"

Da tranken sie ihm alle zu, und es wurde Hans leicht ums Herz, denn er merkte, daß sie ihn nicht verachteten und ihn gerne gelten ließen als einen, der ja eigentlich auch mit der ganzen Sache nichts zu tun hatte.

Am andern Tage aber sagte Gerd Korfmaker zu ihm:

„Willst mit, Hans?"

Und sie stiegen zusammen ins Boot mit noch zwei andern und ruderten an Land.

Wilhelm Kofoot war bei diesem Bauern untergebracht worden, weil es bei den andern, wo seine ehemaligen Gesellen wohnten, zu lärmend war. Hier aber war nur der Bauer und seine Frau und seine Tochter, und sie hatten eine Stube übrig, wo er gut liegen konnte, und die früher dem ertrunkenen Sohn gehört hatte. Sie war klein und niedrig, aber warm und still.

Hier lag er nun im heftigsten Fieber. Und als Gerd Korfmaker den Verband erneuern wollte, konnte es nicht geschehen. Und er gab das Linnen dem Manne, der sie neulich gewarnt hatte, und der Christian Heeres Steuermann war, und ging mit seinen Begleitern dahin, wo der Räuber gelegen hatte, um zu sehen, ob da nicht noch etwas zu holen sei.

Hans Krummendiek aber blieb bei dem Bauern draußen vor dem Hause. Am Bett des Kranken wurde ihm bange, so heftige Reden führte der Fiebernde. Und da kam, wie er gehofft hatte, auch das Mädchen heraus und sprach ihn an, wie es doch schlimm wäre mit dem da drinnen.

Der Bauer aber sagte, sie sollten nur aufpassen, und ging den andern nach.

Da war das Mädchen allein mit Hans und sprach so warm und mitleidig und hatte eine so weiche, volle Stimme, daß Hans schon froh war, sie nur reden zu hören. Und sie sagte:

„Hast du auch mitgekämpft? Da bist da aber gut davongekommen."

Da wurde er rot und sagte:

„Nein, ich sollte nicht."

Und als sie ihn verwundert ansah, sagte er trotzig:

„Ich wollte ja, aber sie hatten mich eingesperrt, und was sollte ich da machen?"

„Sei froh," sagte sie, „sonst wärst du am Ende auch tot."

„Oder verwundet."

„Ja, oder verwundet."

„Und du müßtest mich nun auch noch pflegen."

„O, das täte ich gern," sagte sie eifrig.

Und dann setzte sie hinzu:

„Ich meine immer noch, du müßtest mein Bruder sein, so sehr siehst du ihm ähnlich."

„Das hast du mir schon einmal gesagt."

„Aber es ist auch so. Warte einen Augenblick, ich will rasch einmal nach dem Kranken sehen."

Und damit lief sie ins Haus. Sie kam aber gleich wieder zurück und sagte:

„Er ist nun ruhig, er wird wohl schlafen."

„Meinst du, daß er wieder besser wird?" fragte Hans.

Sie konnte es nicht sagen. Und nun schwiegen beide eine Weile, bis Hans aus lauter Verlegenheit fragte:

„Ist euer Garten groß?"

„Willst du ihn einmal sehen?" Sie sprang auf, und er folgte ihr um das Haus herum. Da zeigte sie ihm die kahlen Beete.

„Es ist ja noch Winter," sagte sie entschuldigend.

„Ja," sagte er und sah sich zwischen den kahlen Obstbäumen um und ließ seinen Blick über die gefrorene Erde gleiten. Hinten im Garten war eine Laube und rechts in der Nähe des Hauses war ein Brunnen.

Und sie ging an den Brunnen und sah hinein und wand einen Eimer voll Wasser herauf, das war eiskalt. Und bei dem Brunnen stand eine Bank.

„Die hat mein Bruder noch gezimmert," sagte sie.

„Wie hieß dein Bruder?"

„Erik."

Und er setzte sich auf die Bank, weil er glaubte, er würde ihr einen Gefallen damit tun, und sie setzte sich neben ihn.

Auf einmal kam der Bauer wieder hinter dem Haus herum und fragte, warum sie hier säßen.

Da waren sie erschrocken und sprangen auf. Der Bauer aber schalt sie.

Und dann kamen auch Gerd Korfmaker und die andern. Und sie gingen alle zu Wilhelm Kofoot hinein und wunderten sich, daß er so still dalag. Und Gerd Korfmaker legte ihm die Hand auf und stutzte und sagte:

„Der lebt nicht mehr."

Da erschraken sie alle, und Hans und das Mädchen am meisten.

Und der Bauer fragte, ob sie das nicht gemerkt hätten, und wo sie gewesen wären. Und da er sie hinter dem Hause am Brunnen gefunden hatte, war er böse und schalt heftig und schlug die Tochter, so daß sie hinausging und weinte.

Hans wäre ihr am liebsten nachgegangen, aber er wagte es nicht.

Gerd Korfmaker aber meinte:

„Sie haben wohl keine Schuld, er wäre wohl auch so gestorben."

Der Bauer aber war weniger ärgerlich über Wilhelm Kofoots Tod, als darüber, daß ihm bei dem Räuber schon die andern Bauern zuvorgekommen waren, er hatte alles leer gefunden, und er wußte, daß da noch allerlei Vorräte gelegen hatten. Denn er war während des Kampfes dort gewesen, hatte sich aber nicht getraut, etwas zu nehmen, ehe die Sache entschieden war; denn hätten die Räuber gesiegt, wäre es ihm schlecht ergangen, wenn er etwas weggenommen hätte.

Die Kunde von Wilhelm Kofoots Tod verbreitete sich bald. Und es kamen nun auch die andern Bauern und die Leute von Christian Heere, und sie beklagten ihn und lobten ihn als einen guten und tapferen Jungen.

Hans Krummendiek aber fuhr mit seinen Gesellen wieder an Bord. Er war recht unglücklich. Er dachte an das weinende Mädchen und hatte einen Zorn auf den Bauern, daß er die Arme geschlagen hatte, da sie doch ganz unschuldig war. Ja, er dachte mehr an das Mädchen als an den toten Wilhelm Kofoot.

Am andern Tage gingen sie alle wieder an Land, um den Gestorbenen zu beerdigen. Sie gruben ein Grab neben den drei andern Gräbern und legten ihn hinein, und da lag er nun ganz für sich allein.

Diesmal sprach der Steuermann von Christian Heere ein kurzes Gebet für den toten Kameraden. Aber nach ihm trat auch Karsten Thode an die offene Grube und sagte, daß der Junge wohl verdient hätte, daß Männer um ihn trauerten. Und er wolle an ihn denken als wie an seinen eigenen Sohn.

Und sie hatten alle die Mütze in der Hand und sahen Karsten Thode an, und setzten sie nicht wieder auf, weil sie meinten, er wäre noch nicht fertig. Aber er war fertig und hatte nur das sagen wollen. Und es war genug für Karsten Thode, der nie viel Worte machte.

Es waren welche da, die lachten schon wieder ganz laut, als sie auseinandergingen, denn es war viel rohes und hartes Volk unter den Schiffern. Es waren aber Christian Heeres Leute, die durch das lange Liegen bei den Bauern verwildert waren, und sie mochten auch wohl vorher etwas getrunken haben; sie taten das nachher auch und bekräftigten es mit Faustschlägen auf den Tisch, daß Wilhelm Kofoot ein guter Junge gewesen wäre.

Am Nachmittag ließ Karsten Thode die sechs gefangenen Räuber aus dem Hafen bringen und über Bord werfen. Sie waren sich keines andern Urteils gewärtig gewesen und ließen sich alle wie Säcke ins Wasser werfen. Sie waren auch so fest gebunden, daß ihnen jeder Widerstand unmöglich gewesen wäre.

Dann wurde am selbigen Tage noch das Räuberschiff verbrannt, nachdem man alles an sich genommen hatte, was brauchbar war, das Beste von Tau und Takel, Ankern und Segeln.

Die Güter wurden zwischen den beiden Schiffen verteilt. Und da waren nun allerlei Waren, Getränke, Proviant und auch Kirchensilber, so daß jeder Mann ungefähr an siebzig Mark Lübsch* bekam.

An Hinrich Stichhahn und Köpke Thonagel war vorher das ihrige, was sich noch vorfand, zurückgegeben worden, wovon sie jedoch einiges ihren Befreiern zum Dank wieder zurück schenkten.

---
* Ungefähr 100 Mark nach heutigem Geld.

Auch versprachen sie, für die Getöteten im Dom zu Hamburg Messe lesen zu lassen.

Das brennende Schiff aber gab ein herrliches Schauspiel für die Sieger ab. Und da der Wind inzwischen umgesprungen war und vom Lande her wehte, trieb er den Rauch auf das Wasser hinaus, und so war für die eigenen Schiffe keine Gefahr, daß sie durch die fliegenden Funken könnten mit in Brand gesetzt werden.

Am Strande standen die Bauern und sahen dem Schauspiel zu. Und etliche liefen auf die Klippen, um besser sehen zu können, und das Schiff brannte bis in die Nacht hinein.

Am Sankt Martinabend aber, da nun der Wind günstig war, liefen Karsten Thode und Klaus Wente aus Hyltenge aus, wo sie so Schlimmes hatten bestehen müssen.

Obwohl sie viel Beute gemacht hatten, nahmen sie doch von den Bauern noch allerlei an Bord, als da waren Schinken und Eier und Hühner.

Und so kam es, daß Hans Krummendiek seine Freundin noch einmal wiedersah, als sie mit dem Vater an Bord kam und ihre Waren brachte. Sie schämte sich vor ihm, weil er gesehen hatte, daß sie geschlagen worden war. Und so mußte er sich ein Herz fassen und zu ihr gehen. Und er sagte ihr, daß er nun weg müsse und sie ihn nicht wiedersehen werde, und sie solle sich's gut gehen lassen.

Sie sagte weiter nichts als: Gute Reise! Aber sie gab ihm die Hand, und er sah es ihren Augen an, daß sie ihn ungern gehen sah.

„Hoffentlich kriegen wir nicht wieder Sturm," sagte Hans.

„Ich werde beten, daß ihr gutes Wetter habt," war die Antwort.

„Tue das," sagte er, „ich werde auch beten, ich werde für dich beten."

Da wurden sie beide rot

Dann aber mußte der Bauer von Bord, denn die Trossen sollten nun eingezogen werden.

Klaus Wente lief zuerst aus. Er mußte sich ziehen lassen, bis er aus dem Hafen war, und so mußte es Karsten Thode auch. Sie hatten jeder zwei Boote vor sich. Und als sie draußen waren, setzten sie Segel, und es war eine so frische Brise, daß sie gut vorankamen.

Da sah Hans Krummendiek bald nichts mehr vom Lande, wo das Mädchen wohnte und wo die vier Gräber lagen. Er aber dachte mehr an das Mädchen als an die Toten, und ob sie nun wirklich für ihn beten würde.

Es schien auch, daß sie wirklich tat, was sie versprochen hatte, denn sie kamen glücklich vor der Trave an, wenn sie auch noch manchen Sturm zu bestehen hatten.

Es war am Sankt Katharinenabend, als sie langsam stromaufwärts gingen.

Unterhalb der Engelsgrube machten sie fest. Und Hans Krummendiek der Ältere kam an Bord und holte seinen Enkel ab.

Der hatte nun zu erzählen und schwieg keinen Augenblick, bis sie in der Alfstraße waren, und die Großmutter fragte:

"Bist du auch seekrank gewesen?"

Karsten Thode und Klaus Wente aber gingen in das Schifferhaus. Das lag oben an der Engelsgrube. Und Hinrich Stichhahn und Köpke Thonagel schlossen sich ihnen an. Da trafen sie andere Fahrensleute, auch viele Bergenfahrer. Und alle hatten sie etwas zu erzählen.

Hinter langen eichenen Tischen saßen sie auf hohen, geschnitzten Bänken, und wunderliches Zeug hing über ihren Köpfen, Schiffsmodelle, große Fische und ausgestopfte Seevögel.

Am meisten aber hatten Karsten Thode und Klaus Wente zu erzählen. Und sie bekamen viel Lob zu hören, weil sie den Räuber unschädlich gemacht hatten.

"Der war ein großer Hund," rief Köpke Thonagel.

"Das war er, und waren schon alle bange vor ihm," sagte ein fremder Schiffer, "aber ich kann euch auch sagen, was aus den andern Räubern geworden ist, denn ich habe Michel Heere in Wismar gesprochen. Der lief gerade mit seiner Schute ein. Der hat sie abgefangen auf ihrer Jacht und hat sie überwältigt und alle über Bord geworfen. Das hat er mir selbst erzählt."

Da freuten sich alle und tranken auf Michel Heeres Wohl.

"Wann kommt er denn nach hier?" fragte Klaus Wente.

"Er hatte doch auch eine halbe Ladung bis Lübeck an Bord?"

"Er kann jeden Tag eintreffen bei dem Wind."

Da freuten sie sich auf Michel Heere.

Die Fahnen aber, die Karsten Thode dem Martin Pechlin abgenommen hatte, hatte er in der Marienkirche aufgehängt zum ewigen Gedächtnis, und sie sollen da noch hängen.

Hans Krummendiek, der mit seinem Großvater in die Kirche ging, zeigte sie dem alten Mann mit großem Stolz, denn er war ja dabei gewesen.

„Laßt mich nur erst wieder nach Bergen kommen! Junge, was will ich da alles erzählen! Die sollen ihr blaues Wunder erleben!"

Und er hielt sein Wort.

Hans Holm.

Immer hatte Dänemark Händel mit den Hansen, und vor allem war es Lübeck, das Haupt der Hansa, das sich seiner Haut wehren mußte. Es war um das Jahr 1506 herum, als König Hans von Dänemark es gar arg trieb und der Stadt Schaden tat, wo er nur konnte. Er ging lästerlich zu Werk, und die lübeckischen Schiffe hatten keine Fahrt ohne Kampf und Gefahr.

Da war nun um diese Zeit ein Namensvetter des dänischen Königs in der Stadt, der hieß Hans Holm und war der Stadthauptmann. Den verdroß die Not der Lübecker sehr, und es ging ihm lange im Kopf herum, wie er dem Dänenhans eins auswischen könnte. Er sann auf einen kecken Streich, den er allein in aller Stille ausführen könnte.

Den Dänen vom hohen Rat aus Fehde anzusagen und eine Flotte auszurüsten, danach stand den gestrengen Herren der Sinn nicht gerade in dieser Zeit, obwohl man immer gerüstet war gegen einen Überfall des räuberischen Feindes.

Hans Holm wollte es also alleine machen und auf eigene Gefahr. Das war so recht nach seinem verwegenen Sinn. Wie das aber anfangen, war ihm nicht klar. Allerlei Pläne schmiedete er und verwarf den einen wie den anderen.

Da kam ihm ein Vorfall zu Hilfe, der die ganze Stadt auf die Beine brachte, soweit sie nichts Besseres zu tun hatte, als zu gaffen, und dazu findet sich immer viel Volk, hoch und niedrig.

Waren da zwei arme Gesellen, die dem Galgen verfallen, weil sie sich an anderer Leute Eigentum vergriffen hatten. Keine bösen Brüder, sondern Gelegenheitsdiebe, mit denen man wohl Mitleid empfinden konnte, und die nun auch angesichts ihrer unfreiwilligen Erhöhung zerknirscht und reuig genug waren, oder wenigstens so taten.

Dieses junge, dem Tode verfallene Blut erbat sich der Hauptmann von einem Hohen Rat zu einem der Stadt dienlichen Vorhaben, das er jedoch noch geheimhalten müsse, damit nichts das Gelingen störe.

Da man Hans Holm großes Vertrauen schenkte, gewährte man ihm jegliche Bitte, und er ging hin zu den beiden Todeskandidaten und fragte sie, ob sie lieber den Tod eines ehrlichen Mannes sterben wollten oder ein schmähliches Ende am Galgen vorzögen, sterben müßten sie ja nun einmal doch. Ob sie nicht bei ihm abenteuern wollten?

Da hätten sie gerne gewußt, wo hinaus, aber er sagte, das würden sie schon sehen, sie sollten nur wählen. Da besannen sie sich nicht lange mehr und sagten sich dem Hauptmann zu auf Leben und Sterben, er könne machen mit ihnen, was er wolle. Lieber wollten sie· dreimal eines ehrlichen Todes sterben, als einmal am Galgen.

Klaus Kleinhagen und Jakob Schütz hießen die beiden, und sie verpflichteten sich Hans Holm mit Handschlag. Es waren beide junge, aber starke und waghalsige Gesellen. Klaus ein Rotkopf, Jakob ein Schwarzkopf, beide einen Viertelkopf länger als der Hauptmann, zu dem sie eine Art wilder Freundschaft faßten, da er sie vom Galgen errettet hatte. Mußten sie auch einmal sterben, so war es doch wenigstens ein Aufschub, und wäre es auch nur um einen Tag, wer hätte da nicht jede Stunde lieb?

Der Hauptmann aber führte sie selbigen Tages noch in sein Haus, das lag am Klingenberg, und traktierte sie mit allem Guten.

„Jungens," sagte er, „vielleicht geht's doch in den Tod, da sollt ihr wenigstens noch eine ordentliche Henkersmahlzeit genießen."

Und er setzte ihnen Gekochtes und Gebratenes vor und schenkte ihnen ordentlich ein, so daß sie sich nicht erinnerten, seit Jahren so gut gelebt zu haben. Und der Wein machte· vollends, daß sie nichts mehr fürchteten, und sie führten ein Wort, daß es nur gut war, die dänische Flotte konnte hier in der Stube nicht vor Anker gehen, sie wäre sonst mit Mann und Maus von den beiden Bramarbassen allein vernichtet worden.

Der Hauptmann ließ sie gewähren und dachte: "Seewind kühlt." Er nahm sie denn auch selbige Nacht noch im Schutz des Dunkels, so daß niemand von ihrem Vorhaben gewahr wurde, in sein Boot, nachdem er sie ihren Rausch vorher hatte etwas ausschlafen lassen, und brachte sie in diesem Boot nach Travemünde, von wo aus er seinen Plan zur Ausführung bringen wollte. Hier ließ er sie noch einmal ruhen, bestieg ein kleines Schiff mit ihnen, das wohl seetüchtig war, ließ auch noch allerlei an Bord bringen, was verdächtig genug aussah, und stach zur Nachtzeit mit ihnen in See.

Als sie nun nichts als Wasser um sich hatten und Verräter nicht zu fürchten brauchten, offenbarte er ihnen, was er vorhatte.

"Donner!" sagte Klaus, "wenn das gelingt, möchte ich dabei gewesen sein."

"Das sollst du, verlaß dich darauf, und der Jakob auch," sagte der Hauptmann, und sie lachten alle drei, und es schien ihnen mehr ein Spaß als ein gefährliches Unternehmen zu sein, so sicher waren sie ihres Vorhabens.

Hans Holm aber wollte nichts anderes, als die gesamte dänische Flotte, die er im Oeresund versammelt wußte, vernichten, indem er sie nächtlicherweise in Brand steckte. War ihm das gelungen, wollten sie irgendwo an Land gehen, und die beiden Galgenbrüder sollten frei sein und gehen, wohin sie wollten.

Das Wetter schien ihnen günstig, es war eine dunkle, bewölkte Nacht und gerade Wind genug, um an die Dänen herankommen zu können. Sie hielten alles bereit und guckten fleißig nach Wind und Welle.

So liefen sie noch bei Dunkelheit in den Oeresund ein und sahen die schwarzen schattenhaften Schiffe der Dänen, Mast an Mast, dort liegen, die kleinen und die großen.

„Wir müssen uns an die großen halten, an die Orlogschiffe," flüsterte Hans Holm, „mit den Schuten können sie dann wohl nicht mehr viel anfangen. Nun seid bereit."

Und sie waren alle drei am Platz und hielten Brander und Zünder und allerlei Feuerwerk bereit, um jenen die Nacht zum Tage zu machen. Leise ließen sie ihr Fahrzeug treiben. Das Herz schlug ihnen bis an den Hals. Ein verräterischer Laut, und sie waren verloren.

Von den Dänenschiffen hörten sie die dumpfen Schritte der Wache und sahen die kleinen Lichter. Aber im ganzen war alles ruhig und sorglos, denn wie sollte diese große Flotte eines plötzlichen Überfalles sich versehen, zumal ihnen von niemand vorher Fehde angesagt war?

So gelang es Hans Holm, mit seinem kleinen Schiffe nahe heranzukommen, und er gab jedem einzelnen ein Orlogschiff als Ziel, und da er es an der Zeit hielt, gab er ein stilles Zeichen, und alle drei schleuderten ihr Feuer, daß es alsbald traf und zündete.

Bei den Dänen, denen die Herkunft dieses Feuers rätselhaft erscheinen mußte, entstand erst ein dumpfer Lärm, der sich nach und nach zu einem Geschrei steigerte. Doch wie leicht konnte Feuer auf einem Schiff ausbrechen, durch irgendeine Nachlässigkeit, und sie schimpften und fluchten und beschuldigten einander, bis immer mehr Feuer aufstieg, auf jedem großen Orlog, und vom auffrischenden Wind begünstigt Masten und Takelage in Flammen setzte. Da merkten sie Unheil und stießen ein Wutgeheul aus.

Hans Holm aber und seine Kumpane waren indessen ruhig an Land gegangen und hatten ihr Schiff treiben lassen, nachdem sie es gleichfalls in Brand gesteckt hatten, so daß es, die Gefahr vermehrend, geradewegs in die brennenden Schiffe hineintrieb. Ei war das ein Schrecken bei den Dänen, als nun ein Schiff nach dem andern Feuer fing! Alle Hände hatten zu tun, um zu retten, was zu retten war. Hans Holm aber sah sich von Land aus das große Brennen vergnügt an und rieb sich die Hände. Der ganze Himmel war rot, und die Funken flogen davon, bis sie zuletzt im Winde erloschen.

Die Dänen hatten einen großen Schaden, und wenn sie auch zuletzt des Feuers Herr wurden, so waren doch die besten und vornehmsten von ihren Orlogschiffen vernichtet oder auf lange Zeit untauglich geworden, so daß es war, als hätten sie eine große Schlacht verloren, wußten aber nicht, gegen welchen Feind. Erst spät kamen sie hinter die List, als sie das halbverkohlte Fahrzeug entdeckten, das ihnen das getan. Woher kam das? Es war eine Schute wie die andern, hätte auch eine dänische sein können, nur daß sie ihnen überzählig war.

So war Hans Holms List vortrefflich geglückt, und er hatte wohl Ursache, mit sich zufrieden zu sein, auch mit seinen beiden Kumpanen. Diesen aber gab er reichlich Zehrgeld und ließ sie dann laufen, wohin sie wollten; er selbst aber begab sich nach Lübeck zurück, wo er wohl empfangen wurde, als er vermeldete, was er verrichtet.

Der Bürgermeister hing ihm vor versammeltem Rat eine goldene Kette um, und das Volk jubelte ihm zu, und mancher Dieb und Schelm hing sein Hoffen an ihn, wähnend, er könne auch ihm mal ein Erretter vom wohlverdienten Galgen werden.

Der Herr Hauptmann aber trug sich keineswegs mit der Absicht, den Galgen zu entlasten und möglichst viele Schelmenhälse vor dem Strick zu schützen, sondern ihm war's um weiteren Ruhm und kühne Tat zu tun, und die verhaßten Dänen zu vernichten, wo er konnte; nur aus Liebe zu seiner Vaterstadt, persönlich hatte ihm kein Däne ein Haar gekrümmt, und es wären die Lübecker nicht sicher vor ihm gewesen, wenn er zufällig in Dänemark geboren worden wäre.

So gönnte sich Hans Holm nicht viel Ruhe in seinem Hause, woselbst er als Junggeselle mit einer alten Haushälterin hauste, die er kurzweg Tine nannte, obwohl sie den schönen Namen Chri-

∙∙

stiane Schmoll trug; sie war klein, breit und untersetzt und hatte trotz ihrer fünfzig Jahre noch Kräfte wie ein Bootsmann, war auch in ihrer Jugend ganz ansehnlich gewesen. Damals aber war Hans Holm noch zu jung für sie. Und späterhin hatte er überhaupt verschworen, je ein Auge auf die Frauenzimmer zu werfen, und hatte Gott gelobt, ledig zu leben und ledig zu sterben.

Dieses ärgerte Tine am meisten an ihrem Herrn, obwohl sie selbst sich keine Hoffnung mehr machen konnte. Aber daß so ein schmucker und tapferer Herr von Rang und Ehren sich ohne Frau behelfen wollte, einzig aus übergroßer Liebe zur Freiheit, das wollte ihr nicht in den Kopf, und sie nannte ihren Herrn darum, wenn er es nicht hörte, einen Narren. Doch das sind Ansichten, und Hans Holm hatte die seinen. Und obendrein hatte er es ja mit einem feierlichen Eide verschworen, und somit war es ein für allemal abgeblasen.

Ein Mann, der nicht Weib und Kind hatte, konnte denn auch seine ganzen Gedanken darauf richten, wie er bald wieder aus Lübeck heraus und dem Feind an den Kragen käme. Da er nun Kunde erhielt, daß von den Dänenschiffen einige aus dem Feuer in die Westersee entkommen wären, bat er sich vom Hohen Rat abermals zwei Orlogschiffe aus, um den Dänen nachzustellen. Und da sie ihm zu Willen waren, warb er alsbald zahlreiche Mannschaft an, und war kein Mangel an solchen, die mit ihm wollten und gern unter seinem Befehl standen.

Nun hatten auch die beiden entlassenen Schelme, die er im Oeresund ans Land und in die Freiheit gesetzt, sich wieder nach Lübeck zurückgefunden, ob auf ehrliche oder unehrliche Weise, hat nie jemand erfahren. Genug, sie waren da, und Tine erfreute sich eines schönen Tages wieder ihres Neffen Jakob, der verwildert, aber vergnügt bei seiner Mutterschwester eintraf und auf das Wohlwollen seines Hauptmanns pochte.

Hans Holm war nun keineswegs geneigt, so erprobte Leute abzuweisen, denn bei seinem Handwerk konnte er Räuber und Diebe besser brauchen, als irgend jemand anderen. Und so kamen der rote Klaus und der schwarze Jakob wieder an Bord zu Hans Holm und fühlten sich wieder als ehrliche Kerle, die ihr Leben für die Vaterstadt in die Schanzen schlugen.

Gar bald waren beide Schiffe bemannt und konnten auslaufen. Es waren zwei stattliche Orlogschiffe, wohl mit Schießzeug und allen Waffen versehen; das eine hieß ‚Der Adler‘ und das andere ‚Der Wolf‘. Hans Holm wählte den Wolf zu seinem Hauptmannsschiff und gedachte die dänischen Böcke wohl zu fangen. Tine aber jammerte, als er aus dem Hause ging, es wäre ihr wie noch nie, und sie würde ihn gewiß nicht wiedersehen. Sie hätte oft so Ahnungen, und gewöhnlich träfe dann auch alles so ein, wie sie es befürchtet hätte.

Da schlug Hans Holm ihr derb auf die Schulter: Das wäre Weiberkram, sie solle sich nur wacker halten, und wenn er wiederkäme, brächte er ihr auch etwas Schönes mit. Und ganz gewiß käme er wieder, da solle sie sich darauf verlassen. Nur den Tag könne er nicht gerade bestimmen.

„Ja, die heilige Jungfrau behüte Euch," sagte sie, „und ich habe es dem Jakob auch auf die Seele gebunden."

„Das ist recht, Tine. Doppelt hält besser," sagte Hans Holm, und mit diesen Worten trat er auf die Straße.

Im Hafen lagen die beiden Schiffe und warteten auf ihren Hauptmann, dem sich auf der Straße viele Bürger und manche Herren vom Rat anschlossen und das Geleit bis ans Bollwerk gaben, wiewohl nicht alle damit einverstanden waren, daß Hans so auf eigene Faust Krieg führte, und die Vergeltung des dä=
nischen Hans im geheimen fürchteten.

— — — — — — — — — — — — — — — — —

Hans Holm suchte die Dänen in der Westersee. Aber die Dänen hatte ein Sturm nach Frankreich verschlagen. In einem kleinen Hafen hatten sie Zuflucht gesucht, und da fand Hans sie.

Er überlegte lange, ob er sie da angreifen solle. Er selbst hatte zwar das böse Wetter mit seinen guten Schiffen wohl über=
standen, und es fehlte ihm an nichts, auch nicht an Mut. So kreuzte er eine Zeitlang vor dem Hafen hin und her und gedachte, die Dänen, wenn sie heraus kämen, draußen abzufangen.

Die kamen aber nicht heraus aus ihrem Loch, und darüber verlor Hans Holm so viele Zeit, daß es ihm übel bekommen sollte.

Denn kaum hatte er sich, aufs höchste erbost, entschlossen, den Feind im Hafen anzugreifen, als der Zufall noch andere dänische Schiffe gerade an diese Stelle von Frankreich führte, und so sah er sich von einer Übermacht umgeben, und da er ihnen nicht mehr entwischen konnte, fielen sie über ihn her.

Wohl ließ es Hans auf einen Kampf ankommen, aber es half ihm nichts, er wurde überwältigt und schmählich gefangengenommen. Viele von seinen Leuten waren gefallen, allen voran der schwarze Jakob, der Tine versprochen hatte, auf seinen und ihren Hauptmann gut achtzugeben; er fing einen Hieb auf, der Hans galt, und stürzte tödlich getroffen zu seinen Füßen hin. Viele wurden gefangengenommen. Hans Holm selbst wurde in einen Turm geworfen, und sie gedachten ihn da lebenslang festzuhalten.

Das war nun ein böser Ausgang, und Hans Holm war sehr verzagt. Er dachte weniger an sein Leben, als daran, daß er von dem verhaßten Feind überwältigt worden war, und tief schmerzte es ihn, daß er seine schönen Schiffe verloren hatte. Käme er je wieder frei, wie wollte er den Lübeckern unter die Augen treten? Recht als ein Prahlhans mußte er jenen erscheinen, der sich vermessen hatte, die dänische Seemacht zu bekriegen. Nun saß er elend in der Falle.

Es war ein fester, finsterer Turm, wohinein sie ihn geworfen hatten, wider alles Recht, wie er meinte; denn was hatte er mit Frankreich zu schaffen, daß sie ihn in einem französischen Gewahrsam hielten? Aber hatte er nicht mitten im Frieden den Krieg in den kleinen Hafen gebracht, hatte wie ein Seeräuber die dortliegenden Segelschiffe überfallen? Da mußten sie schon glauben, ihn hier in Frankreich einsperren zu können, und die Hauptsache blieb, sie hatten es getan, und er mußte es leiden.

Es war eine kleine, niedrige Zelle hinter dicken Mauern, zu ebener Erde gelegen, wo er seine Tage zubringen mußte. Ein kleines Fenster war mit dicken und engen Eisenstäben versehen, so daß an eine Flucht nicht zu denken war. Es führte auf einen Hof hinaus, der mit hohen Mauern umgeben war, und der fast immer im Schatten lag. Das stimmte ihn trübe. Trotzdem gab er die Hoffnung nicht auf, und wenn er auf ein Wunder warten solle, einmal müsse er loskommen.

Es verging aber ein Jahr nach dem andern, und die Herren in Lübeck wußten nicht, wo Hans Holm geblieben war, gaben ihn verloren und erwählten statt seiner einen andern Hauptmann, der hieß Hans Stammel, so daß es wenigstens wieder ein Hans war. Tine aber betrauerte ihren Herrn tief und sah ihn schon unten auf dem Grund des Meeres als Raub der Fische. Und ihren Neffen sah sie ebenso den Ungeheuern als Speise dienen, fand sich aber leichter darein, da er einmal für einen absonderlichen Tod bestimmt zu sein schien, und es schließlich einerlei war, ob ihn die Raben am Galgen schnabulierten oder die Fische in der Westersee. Um ihren Hauptmann war es ihr jammerschade; so ein stattlicher und guter Herr und vermögender Mann, der sie gewiß reich bedacht hätte, wenn er eines ordentlichen Todes gestorben wäre! Nun saß sie in dem reichen Hause und konnte doch nichts ihr eigen nennen, sondern mußte alles als anvertrautes Gut für einen vielleicht Toten hüten.

Indessen dachte Hans Holm viel an Lübeck, an sein Haus und an die alte Tine, und hatte große Sehnsucht nach daheim. Manchen Plan wälzte er in seinem Kopf, wie er davongelangen könne, aber immer mußte er das Ausgedachte wieder verwerfen. Den Kerkermeister zu bestechen, ging nicht an, weil er nichts als Versprechungen hatte, und dagegen war der Mann unempfindlich.

Der Kerkermeister aber hatte eine Tochter, die mochte 16 Jahre alt sein, als Hans in den Turm kam. Dann und wann erwischte er mit den Augen ein Stück von dem hübschen Kinde, ihren braunen Zopf, ihr rotes Kleid oder was gerade durch die Türspalte zu erhaschen war, wenn der Wärter ihm seine Kost brachte. Auch sah er sie wohl, wenn auch selten, schnell über den Hof eilen. Der war trübselig genug, um ein so junges und hübsches Wesen nicht zu langem Verweilen einzuladen.

Obgleich Hans Holm sich nichts aus dem Weibervolk machte und sogar vor Jahren den heiligen Eid geleistet, er wolle unbeweibt durch dieses Erdenleben gehen, so war doch in seiner traurigen Gefangenschaft der Anblick der holden Kleinen ihm eine Erquickung. Jenen Schwur aber hatte er getan, weil er meinte, er könne anders nicht ein rechter Mann und tapferer Krieger werden, aus allzugroßer Liebe zum Waffenwerk und zu seiner Vaterstadt. Ein Weib aber bringt viel Sorge und stellt sich in manchem einem braven Mann entgegen, geht gar listig gegen ihn vor mit Schmeicheln und Streicheln und macht aus dem Starken einen Schwachen. Darum wollte Hans Holm nie ein Weib nehmen.

Als er nun aber so ein Jahr nach dem andern in seiner traurigen Einsamkeit saß, brachte ihn der Anblick des hübschen Mädchens auf einen eigenen Gedanken, zumal aus dem Kinde im Laufe dieser Jahre eine feine Jungfrau geworden war, die ihm wohl gefiel. Auch sie hatte an dem Gefangenen, den sie freilich immer nur auf einen kurzen Augenblick gesehen hatte, Gefallen gefunden, und er tat ihr leid. Auch regte sich die weibliche Neugier, und sie suchte wohl Gelegenheit, etwas Näheres über ihn zu erfahren und ihm näher zu kommen. Ihm aber fiel so manche Geschichte von Gefangenen ein, die von des Kerkermeisters Töchterlein befreit und vor einem elenden Tode bewahrt wurden, und so gedachte auch er auf diesem Wege sein Heil wenigstens zu versuchen. Wie aber sollte er sie gewinnen?

Da kam ihm ein Zufall zu Hilfe. Ein neuer Gefangener wurde, wer weiß aus welchem Grunde, in seine Zelle gesperrt, und er mußte eine andere beziehen. Diese lag oben im Turm. Eine finstere Wendeltreppe führte zu ihr hinauf. Gefesselt wurde er aus seiner alten Zelle geführt und traf bei dieser Gelegenheit des Kerkermeisters Kind, das erschrocken stehen blieb und ihn einen Augenblick ansah. Auch er war erschrocken, so schön war sie, da er sie nun in ganzer Gestalt, eine erwachsene Jungfrau, vor sich sah. Ihre Blicken trafen sich einen Augenblick, und er wandte auf der Treppe noch einmal den Kopf nach dem Mädchen, das noch immer auf demselben Fleck stand und ihm nachsah, bis es unter seinem zurückgewandten Blick errötete und dann hastig entwich.

Hans Holm nahm ein so schönes Bild mit in seine neue Zelle, daß es allein genügt hätte, ihm diese zu erhellen. Aber sie war auch an sich freundlicher, als die verlassene, wohinein kaum ein Sonnenstrahl gefallen war. Die neue Zelle lag an der entgegengesetzten Seite des Turmes und hatte ein breites Fenster, durch das er über das nahe Städtchen hinweg und im Hintergrunde das Meer sehen konnte. War das auch geeignet, seine Sehnsucht nach der Freiheit zu vergrößern, so richtete es ihn doch wieder auf, den blauen Himmel und die Farben der Welt, wenn auch hinter Gittern, sehen zu können. Er konnte in das Gärtchen hinunter sehen, das am Fuße des Turmes lag und dem Kerkermeister gehörte. Hier zog Louison ihre Blumen und Gemüse, und es war ein Festtag für ihn, wenn er sie zwischen ihren Rosen gewahrte. So hoch über der Erde, vermeinte er doch, ihr jetzt näher zu sein, und die Hoffnung lebte in ihm auf, daß es ihm gelingen würde, sich mit ihr auf irgendeine Weise in Verbindung zu setzen.

Zuerst suchte er ihre Aufmerksamkeit zu erregen, indem er durch das Gitter kleine Brotkügelchen zu ihren Füßen nieder=

warf. Manches Kügelchen fiel ungesehen zur Erde, aber er hätte sein ganzes Brot geopfert, wenn er nur zum Ziele kam. Endlich gewann er genügende Geschicklichkeit im Werfen, und Louison wurde aufmerksam. Er konnte sehen, wie sie erschrak und errötete, auch wohl zu ihm hinauf sah, verstohlen und furchtsam; aber sie konnte von ihm nichts sehen, und eine Unterhaltung war gar unmöglich.

„Sie weiß wenigstens, daß ich etwas von ihr will," dachte Hans, und Louison dachte: „Was mag er wollen?"

Der Gefangene hatte einen tiefen Eindruck auf sie gemacht, als sie ihn bei der Überführung in die neue Zelle gefesselt an sich vorüberschreiten sah.

„Wer ist er?" hatte sie den Vater gefragt

„Was weiß ich!" und ein Achselzucken war die Antwort. „Ein Gefangener. Die Herren werden ihn schon frei lassen, wenn sie es für gut befinden. Mich geht's nichts an."

Aber Louison hatte nun erst recht Mitleid mit dem Armen, und ihre weibliche Neugier ward rege.

Als er nun auch anfing, mit einem leisen Singen, das verloren vom Turme herabklang und halb vom Wind verweht wurde, ihr Herz zu rühren, beschloß sie, dem Unglücklichen, denn das war er gewiß, zu helfen oder ihn wenigstens zu trösten. Zu diesem Zweck wußte sie sich eines Nachts, als der Vater schlief, heimlich den Schlüssel zu verschaffen, und nachdem sie die Wächter mit einem Schlaftrunk eingeschläfert hatte, wagte sie es, sich in seine Zelle zu begeben.

Hans Holm war nicht wenig verwundert, als er von seinem harten Lager auffuhr, die Jungfrau vor sich zu sehen. Er konnte nicht anders, als an einen Traum glauben, bis er sich von der Wirklichkeit überzeugt hatte. Er fiel ihr zu Füßen und küßte ihre Hände. Sie aber bat ihn, aufzustehen und schnell zu sagen, was sie für ihn tun könne. Er daure sie, daß er nun schon die vier Jahre im Turm sitze, und sie habe wohl an seinem Brotkügelchen= werfen zuletzt gemerkt, daß er etwas von ihr begehre.

„Verschafft mir die Freiheit," sagte er leise und beschwörend, „und ich will Euch mit allem lohnen, was ich habe."

Er gestand ihr, wer er sei, und versprach ihr, da sie noch zögerte, daß er sie zu seinem Weibe machen wolle, wenn sie mit ihm fliehen würde. Ihr Zögern war nur ein Bedenken der Schamhaftigkeit, aber als er so dringend bat, und auch ihr Herz immer lauter sprach, sagte sie, sie wolle alles tun, was er ver= lange, nur müsse er ihr Zeit lassen. Da küßte er sie, und sie ließ es errötend geschehen, bis sie sich hastig seinen Armen entwand.

„In wenigen Wochen," sagte sie, „so lange müßt Ihr Euch noch gedulden, dann soll alles zu unserer Flucht bereit sein. So viel Zeit muß ich haben, denn ich kann so bald nicht wieder die Wächter betrunken machen und mir die Schlüssel aneignen. Auch muß ich sonst sehen, wie ich es am besten anfange, ob es ratsamer ist, zu Wasser oder zu Lande zu fliehen. Aber verlaßt Euch auf mich und habt Geduld."

Solches versprach Hans Holm mit großer Freude und dankte dem Himmel, daß die Errettung so nahe sein sollte.

Aber Wochen vergingen, und Hans glaubte schier, seine Freundin hätte ihn vergessen. Auch sah er sie seltener im Gärtchen, und war sie da, so ließ sie manches Brotkügelchen unbeachtet fallen und tat, als wäre er nicht für sie da. Obwohl er sich sagte, daß das nur aus Vorsicht von ihr geschehe, um ja keinen Verdacht auf sich zu lenken, so war er doch oft zaghaft und dachte: „Sie hat dich vergessen und bereut ihre Zusage," und das Warten wurde ihm zur Qual.

Endlich schlug für Hans Holm die Erlösungsstunde. Das Mädchen, dem fremden Hauptmann sehr zugetan und auch gelockt durch die versprochene Ehe, die sie aus einem so niederen Stande in Glanz und Ehre hob, hatte sich eifrig und umsichtig bemüht, das Rettungswerk vorzubereiten. Sie hatte mit einem Schiffer ein Abkommen getroffen; er sollte in dunkler Nacht für sie ein Schiff bereit halten, und heimlich wollte sie sich dann mit dem Gefangenen an Bord begeben und mit ihm entweichen.

Leicht war ihr der Entschluß nicht geworden, denn sie hing an ihrem alten Vater, aber die Zukunft erschien ihr doch goldig genug, um alles, Vater und Heimat, dafür im Stich zu lassen.

So kam sie denn eines Abends spät in die Zelle Hans Holms, nachdem sie die Wächter wieder trunken gemacht und diesmal auch den Vater mit dem Schlaftrunk nicht vergessen hatte.

Als Hans sie eintreten sah, schlug ihm das Herz in freudiger Erwartung, und fast erschien es ihm zu plötzlich, als es nun hieß, er solle sich sogleich bereit halten.

„Fürchtet Ihr Euch?" fragte die Jungfrau. Sie glaubte, in seinen Augen ein Zagen gesehen zu haben.

„Keineswegs," sagte Hans. „Aber so plötzlich vor die Freiheit gestellt, bin ich wie betäubt. Führt mich, ich werde Euch folgen und alles tun, was Ihr mir heißet."

„Gut," sagte das Mädchen, „so schwört mir noch einmal, daß Ihr Euer Wort haltet und mich zu Euerm Eheweib machen wollet nach allen Rechten. Denn wenn ich fürchten muß, daß Ihr mich nachher mit Undank ablohnt und mich in der Fremde allein sitzen lasset, so will ich Haus und Heimat Euretwegen nicht verlassen, so lieb Ihr mir auch seid."

Da schwor er, wie sie es verlangte, mit einem heiligen Eide, wenn sie ihn sicher nach Lübeck bringe, so solle sie sein Weib sein, und er wolle sie lieben und ehren sein Leben lang.

Da gaben sie sich gleichsam zum Gelöbnis die Hand und küßten sich, und die Jungfrau sprach: „So folget mir!"

Leise, behutsam schlichen sie an den schlafenden Wächtern vorbei zum Turm hinaus. Es war eine finstere Nacht und der Wind jagte schwarze Wolken über den Himmel. Sie hielten sich

an den Händen, und das Mädchen schritt behutsam voran, bis sie auf einem einsamen Felde waren, wo sie ungehindert schneller ausschreiten konnten.

So kamen sie an das Meer, und dunkel tanzte das Schiff auf den Wellen. Am Strand aber lag ein kleines Boot, das sie hinübertragen sollte.

„Frei!" jauchzte Hans Holm innerlich und sprang leichten Fußes in das Boot und half auch dem Mädchen. Der Bootsmann mahnte zur Vorsicht. Und sie wagten kaum zu flüstern, konnte doch in der schwarzen Nacht ungesehen irgendein Verräter am Strande auftauchen. Aber die Möglichkeit war nicht groß, denn auch ein lauteres Wort wäre in dem Geräusch der Wogen, die sich an dem Strand brachen, untergegangen.

Dennoch waren sie glücklich, als sie nun die Küste verlassen hatten und sich dem dunkeln Schiffe immer mehr näherten. Bald waren sie an Bord, und das Schiff lichtete die Anker.

Jetzt erst vermochte Hans seiner Retterin so recht von Herzen und in heißen Worten zu danken. Er fiel vor ihr auf die Knie, umschlang sie und wiederholte seinen Schwur.

Louison wurde dadurch wieder beruhigt, denn kaum an Bord, fiel es ihr schwer auf die Seele, daß sie nun in der Gewalt des Hauptmanns und selbst eine Gefangene geworden war. Aber da er so freundlich mit ihr sprach, beruhigte sie sich bald, und sie gewannen sich beide immer lieber; sie durften jetzt frei miteinander verkehren, und nichts störte sie, außer der Furcht, man könne ihr

Entweichen rechtzeitig gewahren und ihnen ein schnelles Schiff nachschicken. Aber nachdem sie einen Tag Vorsprung hatten und mit günstigem Winde aus dem Kanal in die Westersee einsegelten, gaben sie sich dem vollen Gefühl der Freiheit hin und waren guten Mutes.

Louison hatte für alles gesorgt, was sie für eine so lange Reise brauchten. Der Schiffer war ihr wohl gesonnen und vertraute auf eine gute Belohnung, wenn sie in Lübeck festmachten. Und Hans versprach ihm goldene Berge und verheimlichte nicht, wer er sei, und daß man in Lübeck seine Befreiung als einen der Stadt geleisteten Dienst wohl anerkennen würde.

Um den Dänen, die ihren Groll gegen Hans gewiß noch nicht vergessen hatten, aus dem Wege zu gehen, beschloß Hans, mit dem Schiffe in die Elbe einzulaufen und sich dann von Hamburg nach Lübeck zu begeben. Solches erreichten sie in drei Wochen, von einem Sturm unterwegs aufgehalten, und kamen glücklich in Hamburg an, wo der Schiffer entlohnt wurde.

Hans Holm hatte gute Bekannte in Hamburg, die für ihn zeugen konnten und mit Freude eine reichliche Summe für ihn auszahlten, so daß der Schiffer zufrieden war und Louison schon jetzt sah, daß sie einem rechten und vermögenden Manne gedient hatte, der alles, was er ihr versprochen hatte, wahr zu machen imstande wäre.

Aber wäre er auch arm gewesen: sie hatte ihn unterwegs so liebgewonnen, daß sie jegliches Los mit ihm hätte teilen wollen.

Auch Hans hatte das Mädchen immer lieber gewonnen. Um so schwerer fiel ihm der Schwur aufs Herz, den er Gott in seinen jungen Jahren geleistet, also daß er unbeweibt durchs Leben gehen wolle. Aber er sprach Louison nicht davon und beschwichtigte sein Gewissen, so gut es gehen wollte. „Kommt Zeit, kommt Rat," dachte er, „in Lübeck wird sich alles machen."

— — — — — — — — — — — — — — — — — —

Wie freute sich die alte Tine, als ihr Herr nach vierjähriger Abwesenheit wieder ans Tor klopfte! Und wie erstaunt war sie, ihn mit einer so hübschen Jungfrau heimkehren zu sehen! Auch nicht ganz ohne Schrecken war sie, denn hatte sie auch als eine treue Verwalterin gewirtschaftet, so mußte doch der Gedanke, Herr Hans komme wohl nimmermehr heim, sich immer öfter in ihr geregt haben, und so hatte sie in manchem getan, als wäre alles hinterbliebenes Gut, das wenigstens vorläufig keinen andern Herrn hatte, als sie. Und sie hatte manche eigenmächtige Veränderung in den Stuben und am Hausrat vorgenommen, unschuldige kleine Handlungen, die ihr aber jetzt auf die Seele fielen, und von denen sie meinte, Rechenschaft ablegen zu müssen.

Aber Herr Hans in seiner Herzensfreude, nun wieder in seinem Eigenen zu sein, bemerkte das alles nicht oder tat so, und Tine beruhigte sich bald, was diese Sache anging.

Aber was das junge Mädchen anbetraf, so konnte sie sich nicht so bald beruhigen. Natürlich würde Hans Holm nun eine Ehefrau in die Wirtschaft setzen, am Ende war sie ihm schon angetraut. Aber sie erfuhr bald, daß Hans Holm und Jungfer Louison noch nicht Mann und Frau waren.

Daß er den Schwur getan, das Mädchen zu heiraten, das ihn aus der Gefangenschaft errettet hatte, erzählte er ihr nicht, sondern fraß die Sache, die ihm sehr zu schaffen machte, still in sich hinein, während er Louison sich in dem großen Hause wohnlich einrichten ließ. Wohl merkte er Tines verwundertes und argwöhnisches Wesen gegen das Mädchen, und dieses selbst fühlte sich dadurch verletzt, und so kam es alsbald zu einer Aussprache zwischen Hans Holm und seiner schönen Befreierin, in der er gestand, was ihn bedrücke, und wie schwer es ihm werden würde, von ihr zu lassen, da er sie herzlich liebgewonnen habe.

Ganz Lübeck war ebenso verwundert als Tine über die endliche Rückkehr des Hauptmanns und über die Art, wie sie geschah. Man ließ ihn seine Niederlage nicht entgelten und sprach ihn frei von Schuld an dem Verlust der beiden großen Schiffe und so vieler braver Kriegsleute. Man ehrte ihn nach seinen alten Verdiensten um die Vaterstadt, aber man sah scheel zu der Begleitung, die er mitgebracht hatte, und machte seine Glossen. Ja, nicht jeder wollte die Erzählung von seiner Befreiung glauben und schalt sie ein Märchen.

Darunter litten nun beide, Hans Holm und das Mädchen, und er beschloß, der Ungewißheit ein Ende zu machen. Da aber sein christliches Gemüt ihm keine Ruhe ließ, und er nicht in Gottes Ungnade fallen wollte, wenn er den ersten Schwur um des zweiten willen brach, so wandte er sich in seiner Gewissensnot an die Geistlichen und Rechtsverständigen der Stadt, und zwar lud er die Vornehmsten von ihnen zu Gast.

Die angesehensten Prälaten und Gerichtspersonen kamen an seine Tafel, und er setzte ihnen das Beste vor, was er zu bieten hatte, und sie waren guter Dinge. Obenan aber saß die Jungfrau aus Frankreich, und sie gefiel ihnen allen durch ihre Schönheit, ihre Bescheidenheit und Klugheit.

Hans aber sah bald heiß und bald kalt dabei und erwog, was er in seiner Sache zu den Gästen sprechen sollte.

Als sie nun ausgetafelt hatten, erhob sich Herr Hans zu guter Letzt und erzählte im Beisein der Jungfrau, wie es ihm auf der langen Fahrt und in Frankreich ergangen, und wie er dem allmächtigen Gott zwei verschiedene Gelübde getan: nämlich in seinen jungen Jahren, daß er nicht freien oder heiraten, sondern sein Leben bis an den Tod ohne Gemahl führen wolle; in Frankreich aber, da er nun in der schweren Kerkerhaft gewesen, hätte er sich nicht anders zu helfen gewußt, als mit Hilfe dieser Jungfrau sich freizumachen und also in höchster Not das Gelübde getan, daß sie ihm in Lübeck in aller Ehre solle angetraut werden. Nun bäte er die hochedlen Herren, ihm zu raten, wie er sich in dieser Bedrängnis benehmen solle, ob er dem großen Gott das erste Gelübde, oder der Jungfrau, die ihn vom Tode errettet, das zweite halten solle.

Während dieser Worte hatte das Mädchen leise in sich hineingeweint, so daß alle wohl merkten, wie schwer es ihr war, und Mitleid mit ihr empfanden. Alle hatten die ausführliche Erzählung verwundert mitangehört, und nun erhoben sich die Prälaten, da doch die Entscheidung mehr bei den Geistlichen als beden Rechtsgelehrten lag, und begaben sich in ein Nebenzimmer, um den schweren Fall in Weisheit zu bedenken.

Währenddessen verblieb Hans bei der Jungfrau und tröstete sie und bat um Verzeihung, wenn der Spruch gegen sie ausfallen solle. Er hätte es ganz gewiß ernst gemeint und hätte noch jetzt die feste Absicht, sein Gelübde zu halten, wenn sie es ihm nicht zerstören würden.

Louison hörte ihn an und sagte kein Wort. Hatte sie darum Vater und Heimat verlassen müssen, um nun des Lohnes verlustig zu gehen, den ihr Herz so sehr begehrte?

Sie schrak auf, als die wohlweisen und ehrwürdigen Herren Prälaten wieder aus dem Nebenzimmer heraustraten und mit einigem Räuspern und verlegenen Wendungen sich also vernehmen ließen:

Nach ihrem besten und wohlüberlegten Wissen habe Hans Holm vor allem Gott sein Gelübde zu halten, denn es wäre un=

zweifelhaft, daß Gott vorgehe und ihm alles Irdische nachstehen müsse. Wohl aber dürfe Hans Holm nicht vergessen, der tugendhaften Jungfrau seine Dankbarkeit zu beweisen. Sie möchte sich also in der Stadt einen guten und ehrlichen Gesellen zum Eheherrn wählen, dann solle Hans ihr als Brautschatz so viel geben, als er schuldig und pflichtig gewesen wäre, der Jungfrau nach seinem Tode zu hinterlassen, wenn sie sein Ehegemahl gewesen wäre.

Beide erschraken, die Jungfrau, weil sie ihre Hoffnung, Frau Hauptmann zu werden, zuschanden werden sah, Hans Holm jedoch sehr freudig, weil er einen Weg sah, aus allen Nöten zu kommen. Denn so gut er dem Mädchen war, so hatte doch Tine ihn genugsam in seiner Ehescheu aufs neue unterstützt, und er dachte im Grunde seines Herzens: „Lieber es mit zehn Feinden aufnehmen, als mit einem Weibe!"

So sah die Jungfrau denn am Aufleuchten seines Gesichtes alsbald, wie es um ihn stand, und empfand es nicht ohne Schmerz. Hans aber meinte, gegen die Prälaten gewandt, ihr Rat sei wohlerwogen, und er wolle sich dem gerne fügen und wolle die Jungfrau aussteuern, noch über das, was Rechtens sei.

Da aber sprang Louison auf und sagte: So wolle sie gleich ihm auf jede Ehe verzichten und zeit ihres Lebens ledig bleiben, nur verlange sie von ihm, daß er sie bis an ihr Ende würdig versorge und ihr des Lebens Notdurft in ausreichendem Maße gewähre.

So beschämte sie ihn und sah schön aus, als sie so sprach. Die Prälaten aber lobten sie, ihres Entschlusses wegen, und gingen gesättigt und von ihrer eigenen Weisheit hochbefriedigt nach Hause.

Als Hans nun mit seiner Erretterin allein war, wollte er ein Wort an sie richten, aber sie ging hinaus und sagte nur: „Freut Euch Eurer Freiheit, lieber Herr."

So war Hans Holm auch dieser Gefahr glücklich entronnen, wie Tine sagte, die sich freute, keine Herrin über sich zu bekommen, noch dazu eine fremde, mit der sie sich nicht verständigen konnte. Hans Holm aber erfreute sich erst allmählich seiner Freiheit, als er sah, daß die Jungfrau ein ehrsames und nicht unglückliches Leben in seiner Stadt führte und zuletzt des Ausganges zufrieden zu sein schien. Doch so recht wurde er nicht wieder der alte Hans Holm, ihm war doch etwas über den Weg gelaufen.

Bernd Beseke.

Ueber Neuwerk, einer Insel, in der Nordsee vor dem hamburgischen Amt Ritzebüttel gelegen, haben die Hamburger seit alters her die Herrschaft gehabt. Sie hatten da einen Hauptmann oder Kastellan, der wohnte in einem alten festen Turm und regierte sein kleines Inselland und seine Handvoll Leute schlecht und recht. Die Insel zu verteidigen und sich allezeit auf dem Turm finden zu lassen, hatte er den Hamburgern den Eid geleistet; auch den Seefahrern zu Hilfe zu kommen und sie zu schirmen, wo und wie er nur könne, gehörte zu seinen geschworenen Pflichten.

So lange der alte Turm auch schon stand, so wußte er doch nichts von jener Zeit, wo die Insel frisch aus dem Meere aufgetaucht war und von den Schiffern, die sie dann als Merkzeichen benutzten, ‚dat nige Oog‘ genannt wurde, auch wußte er noch nichts von den räuberischen Strandfriesen des Festlandes, die dort erbeuteten, was das stürmische Meer an den Strand warf. Viel Gut und manche Schiffbrüchigen fielen ihnen in die Hände.

Als anno 1246 der Sachsenherzog Albert ,dat nige Oog' dem Bremer Erzbischof Ehrhardt überließ, da waren schon die Hamburger auf der Insel, denen die Errichtung eines Leuchtturmes zum Nutzen ihrer Schiffahrt gerne gestattet wurde, denn es lagen viele Sandbänke und Riffe rings umher, wo Jahr für Jahr eine Menge Schiffe strandeten und oft mit Mann und Maus zugrunde gingen. Deshalb machten die Hamburger Anstrengungen und erwarben den Besitz der Insel, legten Baken und Tonnen und sonstige Seezeichen aus und bauten den festen Turm, in den sie eine genügende Besatzung legten, um den beutelustigen Strandfriesen das Handwerk zu wehren.

Dafür belobte sie Papst Bonifazius der Achte, der gegen solches unchristliche, räuberische Treiben einschritt, und gab ihnen allerlei geistliche Privilegien für ihre Insel.

Seit 1299, als die tapferen Herzöge Johann und Albert den Hamburgern ihren Besitz des Eilandes bestätigten, befestigten Hamburger Hauptleute auch den alten Turm. Im Jahre 1372 aber brannte dieser ab, wurde jedoch sofort wieder aufgebaut, trotziger und fester, und man nannte ihn das ‚novum opus‘, das neue Werk, und so hieß denn auch bald die ganze Insel.

Die Hamburger erhoben wegen all der kostspieligen Anstalten, die sie zum Schutz ihrer Schiffahrt getroffen hatten, einen billigen Zoll und ließen ihn am Neuwerker Turm entrichten. Aus jener Zeit stammte noch mancherlei Gutes außer dem Hafen, wo die Zoll zahlenden Schiffe einliefen, auch ein geweihter Altar in der unteren Halle des Turmes. Vor ihm konnte der Hauptmann, wenn kein Priester vom Festlande herüberkommen konnte, seinen Kriegsleuten und den wenigen Einwohnern das Evangelium vorlesen und ein Gebet dazu sprechen. Dieser Altar war von dem Papst selber bewilligt für die armen Inselleute, die selten auf das Festland hinüberkommen konnten. Auch ein Kirchhof war im Jahre 1319 hier eingeweiht worden, damit die Leichen der armen Seefahrer, welche hier an den Strand getrieben wurden, eine letzte Ruhestatt finden mochten.

Mancher Orkan war um die Zinne des alten Turmes gebraust und manchen Streit hatte er ausfechten sehen, aber weder Sturm und Woge, noch die feindlichen Strandfriesen, Piraten und Vitalienbrüder hatten ihn bezwingen können, und mancher Hauptmann hatte hier gewohnt, der den Hamburgern seinen Eid gehalten, ihnen die Insel zu verteidigen gegen alle Angriffe, und der Schiffahrt zu nützen mit Schutz und Schirm, wie er nur konnte.

Um 1534 saß hier ein Mann als Kastellan, der hieß Bernd Beseke, und war von dessen Vergangenheit auch allerlei zu erzählen, wenn auch nicht so viel, wie von dem alten Turm. Ein wunderlicher, herrischer und hochfahrender Mann war er und hatte einen finsteren Blick, der auf ein Herz voller Unfrieden schließen ließ. Er war aber nicht immer so gewesen, der Herr Bernd Beseke, sondern in seiner Jugend ein hübscher Bursche mit

freundlichem, rosigem Gesicht, mit offenem Kopf und aufge=
weckten Sinnen, auch von Herzen gutmütig, so daß ihn alle Leute
wohl leiden mochten und ihm, als er größer geworden war,
Freund wurden.

Er war zu Braunschweig geboren, eines Nadlers Sohn.
In Hamburg aber lebte ein Bruder seiner Mutter, der hieß Heinz
Schröder. Der nahm den jungen halbwüchsigen Buben zu sich,
erzog ihn und ließ ihn was Ordentliches lernen. Dann machte
Bernd Beseke sich um 1525 als Wandschneider* selbständig und
wurde Bürger. Er heiratete zu derselben Zeit die Stieftochter
seines Ohms Heinz Schröder, die ihm ein ansehnliches Vermögen
in die Ehe brachte.

So wurde Bernd Beseke ein gemachter Mann und die Leute
nannten ihn ein rechtes Glückskind. So durfte man ihn wohl
nennen, und er wäre es auch geblieben, wäre er fleißig und streb=
sam gewesen und hätte seines Geschäftes gewartet, wozu er alle
guten Fähigkeiten besaß. Aber er besaß auch einige schlimme,
die sein Verderben werden sollten, und ihnen, seinen schlimmen
Fähigkeiten, kam besonders sein blühender Wohlstand zustatten.
Je vermöglicher er sich wußte und fühlte, desto mehr kamen seine
Eitelkeit und seine Hoffart zum Durchbruch. Bernd Beseke wollte
nun auch gern eine Rolle im Gemeinwesen spielen, wozu er sich
durch seinen Reichtum, seine Klugheit und seine äußeren Vor=
züge vollauf berufen glaubte.

---
* Gewandschneider.

In der Tat war er äußerlich ein gar stattlicher Bürger, der es vortrefflich verstand, sich ein Ansehen zu geben. Er kleidete sich mit großer Pracht und konnte sich nicht genug darin tun. Vom allerfeinsten Tuch nahm er aus seinem Laden, wo er reiche Auswahl hatte, und ließ sich seine Gewänder nach der neuesten Mode und mit einem Luxus anfertigen, wie ihn eigentlich nur die eitlen unter den vornehmsten Frauen der Stadt trieben. Ja, als das Maria Magdalenenkloster aufgehoben und von den Mönchen verlassen wurde, erstand er sich von den prächtigen Meßgewändern und Feierkleidern der Priester die prächtigsten und glänzendsten und begann ein Prangen und Prunken wie noch nie. Alle Kleider ließ er sich mit Gold und Silber besetzen, daß er nur so gleißte, wenn er in der Sonne spazieren ging, und das tat er gern, und freute sich der Gaffer.

So schön geputzt, mit dem Schwert an der Seite, zeigte er sich alle Tage den Leuten. Er war allüberall zu finden, nur nicht in seinem Geschäfte. Besonders gerne machte er sich mit wichtigen Mienen in der Nähe des Rathauses zu schaffen, damit die Leute glauben sollten, die wohlweisen Herren begehrten seines Rates. Ja, er drängte sich mit seinem Rat den gebietenden Herren förmlich auf und ließ es sich auf alle Weise anmerken, daß er keinen anderen Ehrgeiz hatte, als auch in den Rat gewählt zu werden und eine Rolle zu spielen.

Aber je offener und aufdringlicher er damit vorging, desto weniger war man geneigt, dem guten Herrn Bernd den Gefallen zu tun, und so trieb er es zuletzt mit einer Art Verbissenheit, so daß die Leute über ihn lachten und ihn zum besten hielten. Das aber reizte ihn nur immer mehr.

Als er nun einsah, daß es mit dem Ratsherren nichts werden konnte, gedachte er doch wenigstens Amtmann zu werden, denn es wollte ihm nicht in den Kopf, daß er mit seinem Reichtum und seiner Klugheit und seiner stattlichen Figur, auf die er sich doch wohl mehr zugute tat, als Recht und Verdienst erlaubten, so gar nichts vorstellen sollte als nur einen gemeinen Bürger der Stadt.

Da nun gerade der Amtmann von Ritzebüttel mit Tode davonging, bewarb sich unser Bernd Beseke um dessen Nachfolge, aber mit keinem größeren Erfolge. Denn in der Amtsnachfolge wurden die Witwe und der Sohn des Verstorbenen bestätigt; einmal stand ihnen nach Brauch und Herkommen das Amt noch einige Jahre zu, und dann waren sie mit den Geschäften vertraut, und diesen vorzustehen, erforderte etwas mehr Klugheit und Einsicht, als einem gewöhnlichen Bürger nach der Meinung eines hohen Rates zugetraut werden konnte.

So in seinen ehrgeizigen Hoffnungen beständig getäuscht, wurde Bernd Beseke ein Unzufriedener, der überall mit Nörgeln und Besserwissen bei der Hand war und sich zu seinen vielen Freunden manchen Feind machte, so daß man ihm gerne den Mund gestopft hätte. Aber man konnte ihn doch nicht zum Ratsherrn machen, bloß um ihn zum Schweigen zu bringen!

Bernd schien es förmlich darauf anzulegen, alle Welt gegen sich aufzubringen, und er schien auf allerlei Narreteien zu sinnen, nur um Aufsehen zu erregen.

So verschwand er eines Tages aus der Stadt und ließ verbreiten, er sei nach Braunschweig, um den Braunschweigern etwas am Zeuge zu flicken, denn er habe eine Sache mit ihnen. Aber niemand hat erfahren, was das war, und Bernd war eines Tages wieder in Hamburg und schwieg sich aus, mit höchst wichtiger Miene natürlich, als wäre er als Gesandter in geheimen Angelegenheiten der Regierung abwesend gewesen und hätte nun alles zur Zufriedenheit seiner hohen Auftraggeber geregelt. Man wunderte sich, riet, schüttelte die Köpfe und lachte über ihn.

Bernd aber war's nicht zufrieden, daß man solchergestalt sich wieder einmal mit ihm befaßte, sein Ehrgeiz ging höher. Die Gelegenheit war günstig, denn es waren gerade zur Zeit seiner Rückkehr viele Fremde in der Stadt, denn Jürgen Wullenweber und Marx Meyer, die neuen Gestirne Lübecks, waren in Hamburg eingeritten und war festliches Leben und Treiben auf den Straßen.

Da verfiel Bernd auf den Einfall, sich so herrlich wie noch nie zu kleiden, ein prächtiges Schwert umzugürten und sich ritterlich aufzuspielen, indem er einem Hohen Rat eine Herausforderung zuschickte, mit ihm auf offenem Markte zu turnieren.

Dieses Ansinnen Bernds, der doch in ihren Augen nur ein Ellenreiter war, befremdete die ehrbaren Herren und Väter der

Stadt nicht wenig. Sie würdigten den vor lauter Hoffart närrisch gewordenen Mann keiner Antwort und begnügten sich damit, im geheimen weidlich über ihn zu lachen und ihre wohlweisen Häupter zu schütteln.

Diese Nichtachtung erbitterte Bernd Beseke sehr, öffentlich aber bemühte er sich, die Meinung zu verbreiten, man habe nur aus Furcht vor seiner Waffengeschicklichkeit seine Aufforderung mit Stillschweigen übergangen, und keinen Augenblick kam ihm der Gedanke, es könne für einen ehrbaren und wohlweisen Ratsherrn oder gar den Bürgermeister selber keine lockende Ehre sein, mit ihm die Waffen zu kreuzen. Wie hätte einem Bernd Beseke solche Einsicht kommen sollen? So fuhr er denn fort, in seiner alten Weise die Leute mit seiner werten Person in Atem zu halten und sich die Rolle eines Hechtes im Karpfenteich anzumaßen.

Da war man denn allseitig froh, als sich endlich ein Weg fand, den unruhigen und unzufriedenen Mann loszuwerden. Der Hauptmann von Neuwerk war gestorben und sein Amt war neu zu besetzen. Natürlich war Bernd Beseke wieder einer der ersten unter allen, die sich darum bewarben, und obgleich er schon alle Hoffnung hatte fahren lassen, nach seinen Mißerfolgen verzagte, wurde doch diesmal zu seinem eigenen Erstaunen sein Wunsch erfüllt. Er meinte, wegen seiner Tüchtigkeit und besonderen Befähigung für dieses Amt, andere meinten, man hätte ihn nur gewählt, um den unbequemen Gesellen loszuwerden.

Bernd Beseke war glücklich, nun doch irgend etwas vorzustellen, wenn er auch lieber in Hamburg geblieben, als nach der einsamen Insel gegangen wäre, wo er wenig Gelegenheit zu Prunk und Pracht haben würde. Aber es war doch ein Herrenleben, das seiner wartete, er durfte befehlen und einen Rang einnehmen, als der Erste auf der Insel, und das war sein ganzes Streben.

So leistete er denn dem Hohen Rat den Eid, die kleine Insel gegen alle Feinde zu verteidigen, die Schiffahrt zu schirmen und zu schützen gegen feindliche Überfälle und gegen die Macht der Elemente, indem er alles wohl in Ordnung hielte und sich zu jeder Zeit, lebendig oder tot, auf seinem Turm finden ließe, wie es einem getreuen Statthalter zukäme.

So wurde aus dem Wandschneider Bernd Beseke ein Hauptmann von Neuwerk, und statt mit der Elle zu messen, sollte er nun mit dem Schwert messen.

* * *

So herrschte Bernd Beseke denn über seine kleine Insel, seine Handvoll Leute und die wenigen Fischer, die dort wohnten. Aber ach, wie anders hatte er sich das vorgestellt! Da war keine Gelegenheit, Pracht und Prunk zu entfalten. Vor wem wollte er einherstolzieren? Um die paar Neuwerker Fischer war es ihm nicht zu tun, und sonst waren da nichts als Ochsen und Kühe und sonstiges Viehzeug, das sich aus Bernd Besekes schönen Kleidern nichts machte. Und vor Frau und Kindern allein den großen Mann zu spielen, kam doch auch Bernd Beseke selbst als Narrenkram vor.

So wurde ihm denn bald der Mut etwas gedrückt. Er hatte geglaubt, für Neuwerk gerade noch Reichtum genug zu haben, denn sein Vermögen war in Hamburg durch seine Hoffart merklich zusammengeschmolzen, und nun sah er, daß er für hier noch viel zu viel besaß und keine Gelegenheit hatte, etwas zu vertun.

Wäre er doch in Hamburg geblieben! Aber er hatte es ja so gewollt und mußte nun aushalten, wenn er sich nicht vor den Leuten blamieren wollte. Aber schwer war es. Wenn er noch rechtschaffen zu arbeiten gehabt hätte! Doch die Zeit ging hin mit Langeweile.

Wenn er vom Turme den Blick in die Weite sandte, hatte er sein kleines Reich mit einem übersehen. Die baumlose, eingedeichte Fläche mit den drei Bauernhäusern und acht Fischerhütten lag wie leblos da, heute wie gestern. Alles klein, eng, dürftig. Nur der Blick auf die weite Wasserwüste hatte ihn im Anfang erfreut und ihm einige Abwechslung geboten, bald aber wurde ihm auch das eintönig. Die See gleißte im Sonnenschein, daß es dem Auge weh tat. War es Flutzeit, konnte er die ‚Wattenkruper' zählen, die kleinen Küstenfahrer, die zwischen der Insel und dem Festlande übers Watt segelten. Fern zogen die großen Schiffe und machten ihm das Herz schwer; sie zogen in die Welt hinaus, und er mußte hier liegen, gleich einem gestrandeten Wrack.

Zur Ebbezeit war es gar langweilig ringsumher, wenn fahler, grauer Sand die Insel umgab. Ach, wie trostlos konnte das aussehen! Mitunter kamen ja Leute zu Wagen vom Festlande. Dann flogen Scharen von Wasservögeln auf, die in den Prielen umherschwammen, und ihr eintöniges Geschrei unterbrach die Stille. Die Leute aber, die kamen, wollten Krabben und Muscheln suchen. Oft, wenn sie zu Fuß kamen, mußten sie hurtig eilen, um noch vor der Flut wieder drüben zu sein, sonst wehe ihnen! Die Flut war gierig. Und dann der Nebel, der manchmal aufstieg, der führte sie oft irre, so daß sie elendiglich umkommen mußten.

Doch alles dies konnte als einzige Unterhaltung für Bernd Beseke nicht von großem Wert sein. Seine Pflicht, nach dem Feuer zu sehen, das hier für die Schiffahrt brannte, seinen Turm zu inspizieren und zu sehen, ob die ausgelegten Seefahrtszeichen auch in Ordnung seien, ja, das war bald, in einer Stunde, getan, und es kam so weit, daß Bernd Beseke sich ärgerte, wenn alles in Ordnung war und er nichts zu tun hatte, und daß er sich ärgerte, wenn etwas nicht in Ordnung war, da das doch unter allen Umständen immer ärgerlich bleibt. Und so kam er eigentlich aus dem Ärger nicht heraus.

Hatte er alles dies, seine ganze Tagesarbeit, in den ersten Morgenstunden hinter sich, dann ging er um die Insel und ver=

trat sich die Beine, sah nach dem Vieh, das hier reichlich Weide hatte und immer zahlreich vorhanden war, denn Bernd nahm vom Festland herüber noch Ochsen und Kühe hierher in Pflege und hatte einen Schilling dabei in die Tasche zu stecken.

Da Bernd immer gerne Geld ausgab, mochte er auch gerne Geld einnehmen. Zu beidem war jedoch hier wenig Gelegenheit, wenigstens nicht im großen, wie er es in Hamburg gewohnt geworden. Doch zögerte er darum nicht, zuzugreifen, als sich ihm Gelegenheit bot, etwas mehr zu verdienen. Freilich war es eine Sache, die nicht ganz das Sonnenlicht vertragen konnte, aber sie wurde dafür auch bei Nacht und Nebel erledigt. Sie hing auch mit den Ochsen und Kühen zusammen und ging so zu:

Ins Hadeler Land kamen 5000 Landsknechte unter ihrem Hauptmann Übellacker, die dort denn auch übel genug hausten. Dieser Übellacker, der schon früher dem Grafen Christoph von Oldenburg gegen den König von Dänemark gedient hatte, sollte jetzt dem abgesetzten Lübeckischen Bürgermeister Wullenweber ebenfalls gegen Dänemark dienen. Von dieses Übellackers Leuten nun hatten ein paar Schelme einem Manne im Lande Hadeln eine Anzahl Ochsen gestohlen, und da er hinter den Raub kam, schafften die Diebe in aller Eile die Ochsen über das Watt in Sicherheit nach Neuwerk, wo sie an Bernd Beseke einen bereitwilligen Hehler fanden, der ihnen das Vieh, natürlich gegen guten Lohn, in Verwahrung nahm und unter seinen eigenen Ochsen harmlos weiden ließ. Sein Lohn bestand in einem schönen schwarzen Pelzrock, von dem er sich im Winter guten Nutzen versprach, und der auch seiner Eitelkeit gefiel; er müsse schön darin aussehen, vermeinte er.

Der Hadeler aber, der wohl wußte, was Landsknechts Brauch ist, stellte sich unter den Schutz der Übelladerschen, worauf sie ihm versprachen, ihm wieder zu dem Seinen zu verhelfen. Sie ruhten auch nicht, bis sie den gestohlenen Ochsen auf der Spur waren. Da forderten sie die Herausgabe des unrechtmäßigen Gutes.

Bernd Beseke machte Einwendungen, er habe kein unrechtmäßiges Gut; was hier an Vieh weide, sei seines. Sie aber wußten es besser, und da er nicht nachgeben wollte und meinte, er könne ihnen in seinem festen Turm wohl trotzen, taten sie sich zusammen, zogen in einem großen Haufen über das Watt nach Neuwerk und drohten mit Ernst. Als aber Bernd noch leugnete und glaubte, er könne es wohl aushalten, sie sollten nur herankommen, griffen sie ihn unverzagt an.

Bernd hatte ein paar alte Kanonen am Strande aufgefahren, aber die kriegsgewohnten Landsknechte waren davor nicht bange. Sie jagten auch bald den übermütigen Bernd davon, so daß er sich mit seinen paar Leuten in den Turm zurückziehen mußte. Das tat er denn auch in großer Eile, verrammelte alles, so gut er konnte, er vermeinte, an diesen Mauern würden sie sich wohl ihre Köpfe einrennen. Aber sie griffen ihn unverzagt an und be=

schossen seine Feste nach allen Regeln der Kunst. Er wehrte sich nach Kräften, aber sie waren ihm überlegen, wenn sie auch in seinen Turm nicht hineinkommen konnten. Aber sie schossen ihm bei diesem Gefechte eine arme unschuldige Magd tot, ruinierten ihm Hab und Gut mit ihren vielen Kugeln, und trieben ihm sämtliches Vieh weg, statt der gestohlenen vierzig Stück, die er nicht hatte herausgeben wollen.

Da konnte er nun jammern und klagen und fluchen und sich darin mit seinem Weibe vereinigen. Aber jetzt war es zu spät. Warum hatte er sich überhaupt auf diesen schlechten Handel eingelassen, statt ein ehrlicher und aufrechter Hauptmann zu sein, der dem Unrecht wehrt? Nun war er zur Strafe ein ganz armer Mann geworden.

Wie sollte er sich rächen? Gegen die Landsknechte konnte er nichts unternehmen. Aber sein Stolz war bitter gekränkt und mußte irgend jemand zur Verantwortung ziehen. Wie sollte Bernd Beseke sich gutwillig geben, obwohl er sich diese Sache selber eingebrockt hatte? Nein, Bernd Beseke mußte Genugtuung haben.

In Ritzebüttel war damals Herr Jürgen Plate Amtmann. Den klagte Bernd Beseke beim Rat an, daß er die Landsknechte nicht angehalten habe, nach Neuwerk herüberzukommen; das wäre seines Amtes und seine Pflicht gewesen. Da er darin säumig gewesen, sei er wohl schuldig, ihm den Schaden zu vergüten.

Der Rat versprach Untersuchung und Gerechtigkeit. Er verlangte aber, Bernd solle sich so lange gegen Herrn Jürgen ruhig verhalten. Bernd aber blieb nicht ruhig, es konnte ihm nicht schnell genug gehen und drang so lange in den Rat, bis er Herrn Jürgen vorlud. Der kam auch und stellte sich dem Rat, aber Bernd Beseke blieb aus. Er mochte zaghaft geworden sein in seinem bösen Gewissen. So verlief die Sache im Sande und Bernd Beseke hatte den Schaden. Er hatte aber doch mal wieder von sich reden gemacht, hatte Lärm geschlagen und sich groß aufgespielt, und das allein war ihm schon eine Erquickung. Freilich konnte es ihn auf die Dauer über den Verlust seiner schönen Ochsen und Kühe nicht trösten, und es blieb eine Verbitterung in ihm, die zu pflegen er Zeit genug hatte auf seinem einsamen Turm. Und Frau und Kinder, die er nun glücklich von einem schönen Reichtum zu einer empfindlichen Armut gebracht hatte, waren ihm auch ein ständiger Vorwurf.

* * *

Eines Tages, als er wieder seinen gewöhnlichen Gang um die Insel machte und sich so recht elend und beklagenswert vorkam, so recht wie ein Schiffbrüchiger, der nichts von dem Seinen gerettet hat, kam er auch auf den Friedhof der armen ertrunkenen heimatlosen Schiffer. Von da aus sah er nicht weit davon ein fremdes Fahrzeug liegen, das ihm auffiel. Und da gerade sein Hirte des Weges kam, fragte er den, was das für ein Fahrzeug sei.

„Das ist ein Mann aus Stade," sagte der Hirte, „der will mit seinem Ewer nach Dänemark hinübersegeln und dort Weizen und Roggen kaufen. Er hat viel Geld und Gewand an Bord und mag wohl gut einkaufen können."

"Ist er allein, oder hat er genug Leute bei sich?" fragte Bernd Beseke so beiläufig, war aber voll Hinterlist.

"Drei oder vier Mann," antwortete der Hirte.

"So hat er wohl genug," sagte Bernd Beseke gleichgültig.

Er dachte aber in seinem Sinne etwas Arges. Der Stader mit seinem Geld und seiner Habe konnte ihm gerade recht kommen. "Ein Schiffbrüchiger," wie Bernd sich vorkam, "darf seinen Bruder ins Wasser stoßen, um sich allein auf der treibenden Planke halten zu können," dachte er. "Ich muß an mich selbst denken. Es geht mir schlecht genug."

Er plante nichts Geringeres, als dem Stader das Seinige zu nehmen, mit Gewalt, da es wohl nicht anders gehen würde. Wie viele hatten sich an diesem Strande schon durch Raub bereichert, wie viel Blut war vergossen worden, und Wind und Wellen hatten die Kunde davon ausgelöscht! Bernd Beseke wußte sein Gewissen zu beschwichtigen mit dem Unrecht anderer.

So überlegte er gut, wie er es anfangen solle, und er sagte zu seinen Knechten, die gerade beim Mähen waren, sie sollten seinen Ewer ausrüsten, er müsse nach Hamburg, wo er mit dem Jürgen Plate noch einmal vor Gericht stehen solle.

Er sah sehr wild und scheu dabei aus, so daß die Knechte sich wohl wunderten, aber sie mußten gehorchen, denn Bernd war ihr Herr. Und so taten sie, wie ihnen geheißen.

Bernd nahm auch den Hirten noch mit, da er meinte, nicht genug Leute bei sich haben zu können. Es war aber an einem Abend, und von der See her drohte ein Wetter, so daß seine Leute ihn warnten. Er aber sagte: „Ach was, wir fahren, und wenn nicht mit Gott, dann mit dem Teufel."

Seine Frau wußte nicht mehr, als wie die Knechte wußten, und so ließ sie ihn ruhig gehen, wenn auch nicht ohne Sorge wegen des drohenden Wetters.

Vor Sonnenuntergang lief Bernd aus, und da sie an den Ankerplatz des Stader Schiffers kamen, sagte Bernd zu seinen Leuten, sie möchten etwas näher heranfahren, mit denen, die da lägen, hätte er zu tun; es seien Leute von Wullenweber, die er auf Lübecks Verlangen festnehmen solle. Sie möchten aufpassen, daß sie ihnen nicht entwischten.

So legten sie hart an, Ewer an Ewer, und gingen sofort an Bord und riefen: „Herüber! Herüber!" Damit feuerten sie sich an und meinten damit, sie wollten die Stader auf ihren Ewer herüber haben.

Die aber hatten sich schon zur Ruhe begeben und fuhren nun erschreckt aus dem Schlaf. Da sie ahnungslos und ohne Waffen waren, wurden sie leicht überwältigt und gefangengesetzt.

Dann nahm Bernd alles, was er auf dem Ewer fand, und sah, daß er einen guten Fang getan hatte. Nur ihr Geld trugen die Leute noch bei sich.

Da setzte Bernd Segel und steuerte landabwärts bis dahin, wo der Strom in die See lief. Und hier herrschte er die Gefangenen an, sie sollten ihr Geld herausgeben. Sie mußten ihm wohl zu Willen sein und geben, was sie hatten. Er aber war nicht zufrieden und wollte mehr. Da beteuerten sie, sie seien arme Leute und besäßen nicht mehr.

Das brachte Bernd in Wut und er sagte: „Das wollen wir sehen!"

Und er befahl seinen Leuten, daß sie zuerst den Jüngsten von den Stadern töteten und ins Meer würfen. Und die Knechte taten also. Und dann kamen die anderen armen Gesellen daran und zuletzt der alte Mann, der der Schiffer war.

Der aber war beherzt und widersetzte sich.

„So geht es nicht!" rief er. „Seid ihr solche Räuber und Mörder?"

Und er griff zum Bootshaken und setzte sich zur Wehr.

Aber er war nur einer gegen fünf, und als er seinen Bootshaken hob, unterlief ihn Bernd und versetzte ihm einen Schlag auf den Kopf, daß er taumelte und den Bootshaken fallen ließ. Da warfen sie den alten Mann ins Wasser wie die anderen, und die Strömung trieb die Leichen schnell in das Meer hinaus.

Bernd aber drohte seinen Knechten, es würde ihnen übel ergehen, wenn sie ein Wort verrieten. Er habe so tun müssen, weil der Rat von Hamburg ihn beauftragt habe, den Lübeckern diesen

Gefallen zu erweisen. Dann befahl er, ihn an Land zu setzen, und da sie solches getan hatten, hieß er sie zum Stader Ewer zurückfahren und diesen holen.

Als nun die Knechte nach dem Schiff, das noch vor Anker lag, zurückkehrten, fanden sie an Bord ein Mädchen versteckt, das sich vor Angst nicht herausgetraut hatte. Zitternd und um sein Leben bangend kam es nach oben und bat, es zu schonen.

„Nichts da," sagte einer der Knechte, „du mußt auch sterben!"

Da rief sie Gott um Hilfe an und begann heftig zu weinen. Das rührte einen andern Knecht, und der widersetzte sich seinen Kameraden und sagte:

„Wir wollen sie doch lieber laufen lassen und nicht ein unschuldiges wehrloses Mädchen morden."

Da ließen sie sich überreden und gaben die Gefangene frei. Sie setzten sie an Land und ließen sie laufen. Das Schiff aber nahmen sie mit und lieferten es an Bernd ab.

Der hatte an seinem Raube keine große Freude. Zwar war er mit den Seinen nun für einige Zeit vor Entbehrungen geschützt, aber das auf diese Weise erworbene Brot wollte ihm doch nicht recht schmecken. Sein Gewissen machte ihm zu schaffen und die Furcht, einer seiner Knechte könnte ihn verraten.

So ging er so finster umher wie sonst und machte seine Frau seufzen; fragte sie ihn aber, was ihm sei, so schob er alles auf die mißliche Vermögenslage, die ihm schwere Sorgen mache, und sie sah ein, daß er Grund zu Mißmut und Schweigsamkeit vollauf hatte. Daß er aber von dem bösen Gewissen eines Mörders geplagt wurde, ahnte sie nicht. Ebensowenig, daß er mit dem verzweifelten Gedanken umging, die Mitwisser seines Verbrechens unschädlich zu machen. Er dachte nur daran, wie er sie beiseite schaffen oder doch von der Insel entfernen könne.

Wie viel schlimmer wäre ihm zumute gewesen, hätte er gewußt, daß jenes Mädchen, das seine Knechte hatten laufen lassen, ihn inzwischen bereits verraten hatte! Er wußte überhaupt von dem Mädchen nichts, denn die Knechte hatten es ihm wohlweislich verschwiegen, weil sie seinen Zorn fürchteten.

Das Mädchen war aber geradewegs zum Amtmann nach Ritzebüttel gelaufen und hatte alles ausgesagt, und Herr Jürgen hatte alles zu Protokoll genommen und rieb sich die Hände, vergnügt, eine so gute Sache gegen Bernd Beseke zu haben, dem er natürlich seit der Hadeler Ochsengeschichte nicht wohl gesinnt war.

Herr Jürgen zeigte sofort dem Hamburger Rat an, wessen Bernd Beseke sich schuldig gemacht hatte, und verlangte Sühne eines so schrecklichen Verbrechens.

Sie wollten es zuerst in Hamburg gar nicht glauben, denn Bernd hatte daselbst von früher her auch unter den Ratsherren noch manchen Freund, der sich nun nicht denken konnte, daß aus dem reichen, hübschen und freundlichen Herrn Beseke ein Mörder und Räuber geworden sein solle.

Sie schickten aber den jungen Ratmann Herrn Johann Rentzel mit Vollmacht und genügender Mannschaft nach Neuwerk, um

Bernd Beseke gefangenzunehmen und vor eines Hohen Rates Gericht zu führen.

Inzwischen hatte Herr Jürgen Plate selbst aus eigener Amtsgewalt ein großes Aufgebot von Leuten aus drei Kirchspielen auf die Insel Neuwerk gelegt, Bernd Beseke zu bewachen, daß er nicht unversehens bei Nacht und Nebel entwische.

Bernd Beseke merkte an all diesen Vorkehrungen Unrat und hätte sich gar zu gerne aus dem Staube gemacht. Aber er sah ein, daß es zu spät war, und gedachte sich durch Lügen und Heucheln zu retten. Der Böse würde ihm schon beistehen.

Aber als Herr Johann Renkel mit bewaffneter Macht auf Neuwerk erschien und an Bernds festen Turm klopfte, erschrak er freilich gewaltig, ging aber hin und öffnete und tat, als wäre er sehr erfreut, den Ratsmann zu sehen.

„Tretet ein," sagte er, „und alles, was ich habe, steht zu Euren Diensten," dabei behielt er jedoch das Zündrohr in seiner linken Hand, während er Herrn Renkel den Vortritt lassen wollte. Der aber bedeutete ihm ernstlich, das Gewehr beiseite zu setzen.

Dann erst trat er ein und nahm Bernd Besekes Hand an.

Als aber Herr Renkel seine Sache vorbringen wollte, fiel Bernd ihm ins Wort und meinte, er solle doch die leidigen Geschäfte bis morgen lassen und erst einen Imbiß nehmen, stellte ihm auch seine Frau und die Kinder vor, hieß den Tisch decken und dem verehrten Gast würdig begegnen. Der aber wies alles ab und sagte ernsten Gesichtes, daß er nicht gekommen sei, um zu essen und zu trinken, sondern um eines Hohen Rates Auftrag unverzüglich auszuführen, und dabei wandte er sich an die begleitenden Kriegsknechte und sagte: „Tut, was euch befohlen."

Und alsobald ergriffen die Leute Bernd und legten ihn in Fesseln, was er sich ruhig gefallen ließ, da er einsah, daß alles verspielt war. Seine Frau aber jammerte und wehklagte, und die Kinder weinten.

„Ach, du armes Herz," sagte die Frau, „was soll das bedeuten?"

„Laß sie tun, was ihnen befohlen ist," sagte Bernd.

Da nahmen sie ihn in ihre Mitte und brachten ihn gebunden nach Ritzebüttel, um dort die bereits gefangengesetzten Knechte auch abzuholen und alle nach Hamburg zu bringen, wo sie in der Büttelei eingesperrt wurden.

* * *

Da saß nun Bernd im Gewahrsam und erwartete sein Urteil. Wie hatte sich doch das Blatt gewendet und war aus der eitlen Hoffart tiefstes Elend und Demütigung geworden! In derselben Stadt, deren Ratsherr er einst hatte werden wollen, gesegnet mit Geld und Gut und Ansehen vor den Leuten, saß er nun gefangen, saß in demselben Raum, im Winserbaum, wo einst Störtebeker, der große Seeräuber, gesessen, bis sie ihm den Kopf abschlugen. So sollte es nun ihm auch ergehen. Wie dachte er nun an seine einsame Insel mit Sehnsucht zurück! Wie ein Paradies erschien sie ihm mit ihrer Stille und ihrem Frieden. Die dicken Turmmauern wollten ihm gar keine Ähnlichkeit mit denen eines Gefängnisses haben, wie er früher so oft geklagt hatte. Könnte er jetzt vor dem Altar in der Turmhalle seine Andacht verrichten und mit Frau und Kindern Gott danken für seine Güte, die es doch recht mit ihm gemeint hatte allezeit, trotzdem er sich wunderlich genug geführt hatte.

Doch solche Stimmungen wechselten mit Stimmungen des alten Trotzes und Hochmutes. Und wenn er gedachte, daß auch ihn vielleicht das Schicksal Störtebekers treffen könne, obwohl er doch gegen den nur ein geringer Sünder sei, knirschte er gegen seine Ketten und sträubte sich und gedachte sich mit Leugnen herauszuhelfen.

Als er nun vor seinen Richtern stand, schob er keck die Schuld auf Herrn Jürgen Plate; mit dem lebe er in Streit, der habe ihm aus Rache die ganze Sache eingebrockt, und alles sei nur erfunden, um ihn zu schädigen und zu verderben.

Aber wo die Beweise so schwer waren, halfen ihm solche Ausflüchte nicht. Man drohte ihm mit der Folter, er möchte doch Ja oder Nein sprechen. Bernd ließ sich auch abführen, aber angesichts der Folterwerkzeuge wurde ihm doch schwül. Er nahm alles zurück, was er zu seiner Verteidigung angegeben, und gestand seine Schuld ein. Nachdem auch seine Knechte reuig ihre Untat zugegeben hatten, hätte ihm das Leugnen auch nicht weiter genützt. So wurden sie alle zusammen abgeurteilt nach den Artikeln 17 und 18 des Abschnittes O des Stadtrechtes:

„Einem Räuber soll man sein Haupt abschlagen um einen Raub, der drei Pfennige wert ist.

Und einem Mörder soll man seine Glieder zerstoßen mit einem Rade und sie dann darauf setzen."

Dies schien nun den Freunden Bernd Besekes, die er noch aus seiner guten Zeit her besaß, ein zu hartes und grausames Urteil, und sie baten für ihn um Milderung der Strafe. Er sei doch ehedem ein ehrlicher und guter Mann gewesen und nur das gräßliche Unglück, das ihn alles Vermögens beraubt und ihn so plötzlich in ungewohnte Armut geworfen habe, habe ihn seines Verstandes und seiner rechten Besinnung beraubt und ihn den Versuchungen des Teufels erliegen lassen. Auch die Verwandten seiner armen Frau baten für ihn, und es zeigte sich an den vielen Fürsprechern, die er hatte, daß er von Haus aus kein Bösewicht war, sondern nur ein schwacher Mensch, dem man sein Mitleid nicht versagen konnte.

Der Hohe Rat ließ sich auch durch die Bitten der Freunde erweichen und änderte das Urteil dahin ab, daß Bernd und seinen Knechten die Glieder nicht zerstoßen werden sollten, sondern sie sollten mit dem Schwert hingerichtet und ihre Häupter auf Pfählen aufgestellt werden.

Aber auch dies, das Aufspießen des abgeschlagenen Kopfes, wollten seine Freunde noch erlassen sehen, und zuletzt gewährte

man ihnen auch das, und die Sünder sollten einfach hingerichtet werden und ihre Leiber mit den abgeschlagenen Köpfen zusammen ihre Ruhe im Grabe finden.

Nun ergab Bernd sich in sein Schicksal und sah fromm und gefaßt dem letzten Tag entgegen. Es war am 16. August, Mittwoch nach Mariä Himmelfahrt, da führten sie ihn frühmorgens um 3 Uhr aus der Stadt heraus nach dem Reitbrook, allwo der Richtplatz war. Man glaubte, zu so früher Zeit dem Andrang des Volkes besser wehren zu können, schloß auch alle Tore gleich wieder und ließ keinen durch, der nur seine Neugier stillen wollte. Doch gelang es demungeachtet noch vielen Leuten, besonders aus Bernds Freundschaft, sich dem traurigen Zug anzuschließen, und viele kamen auch zu Wasser auf Schuten und Kähnen.

Unter den Freunden Bernds war auch ein junger Mann, mit dem er in seiner guten Zeit viel zusammen gezecht hatte; dem tat es weh, als er seinen ehemaligen Freund und Trinkkumpan nun schwanken Schrittes seinen letzten Weg zurücklegen sah. Er wollte ihn stärken auf diesem Weg und trat mit einem Krug Wein an ihn heran und bat ihn, zu trinken. Aber Bernd wies ihn ab, denn seine Gedanken waren nicht mehr auf Speise und Trank gerichtet, sondern auf sein nahes Ende.

Als er nun nach einstündigem Marsch, schneller hatten ihn seine Füße nicht tragen wollen, endlich auf der Richtstatt ankam, bat er dort um einen Schluck aus dem Krug des Freundes und trank ihn in langen, großen Zügen ganz leer.

Da er nun also gestärkt war, richtete er sich zu einer Ansprache an das Volk auf, und der Scharfrichter durfte ihn nicht eher anfassen, als bis er geendet hatte. So sprach denn Bernd Beseke lange und eindringlich, gestand seine Schuld und bat um Vergebung. Auch warnte er seine Mitbürger vor Hoffart und Eitelkeit, die ihn so weit gebracht hätten, daß er nun sein Haupt unter das Schwert legen müsse. Fleißig, ehrlich und bescheiden sollten sie sein und sich vor allem Hochmut bewahren, denn dahinter laure nur der Teufel.

Als er einen Augenblick innehielt, faßte der Henker sofort zu, um seines Amtes an ihm zu walten. Er band ihm die Haare auf, löste seinen Kragen und entblößte ihm den Hals. Dann zog er ihn ein paar Schritte weiter, setzte ihn nieder und schlug ihm mit einem Streich den Kopf ab.

Das war Bernd Besekes Ende, dessen Hoffart nach der Ehre eines Ratsherrn gegeizt hatte, und der trotz aller Gaben und Güter als ein armer Schächer sterben mußte.

Seine drei Gesellen wurden am andern Tage auf demselben Platze und in derselben Weise vom Leben zum Tode befördert und gleich ihm mit ihren abgeschlagenen Häuptern in die Grube gelegt und mit Erde und Rasen bedeckt. So wurde menschliche Schuld gesühnt nach göttlicher Gerechtigkeit.

Der Katzenpeter.

Vor mehr als hundert Jahren lebte in Kuxhaven, da wo die Elbe in die Nordsee fließt, eine Witwe, die hieß Gesche Bull. Die ernährte sich recht und schlecht durch einen kleinen Kramhandel. Ihr Mann war Fischer, Seefischer, und blieb draußen bei einem Sturm. Er war ein roher, harter Mann, so daß die Leute meinten, Gesche wäre froh gewesen, als er eines Tages nicht mehr nach Hause kam, um sie zu prügeln. Doch Gesche sprach sich hierüber nie aus, und die Leute konnten glauben, was sie wollten. Sie war eine stille und feine Frau, wie denn meistens nur solche unter die Tyrannei ihrer Eheherren geraten und ihr Joch in sanftmütiger Geduld als auferlegte Prüfung tragen. Still und fein war sie und fleißig. So ging es ihr nicht schlecht, und sie hätte auch wohl keinen besonderen Kummer gehabt, wenn der Sohn nicht gewesen wäre. Der war nun zehn Jahre alt, groß und kräftig und ein Unband, dem sie kaum gewachsen war. Nicht, daß er schlecht war, aber er kam seinem Vater gleich an hartem, herrischem Wesen. Lernen war nicht seine Sache, er trieb sich lieber mit den Kumpanen herum, und verübte allerlei Jungenstreiche. Doch hatte er auch seine Tugenden, er war geradeaus, tapfer und wahrheitsliebend. Nie hörte sie eine Lüge von ihm. So genoß er Achtung bei seinen Kameraden, die ihn seiner Stärke wegen auch fürchteten. Doch war da einer, der war noch stärker als er und ein Jahr älter. Das war Hans Munck, der Sohn eines Schiffers.

Hans Munck und Peter Bull waren die besten Freunde; sie lagen zusammen auf dem Wasser und hatten ihr Versteck in den Dünen, und hielten sich zusammen auf hinter dem Deich und ließen sich die Sonne auf den Leib scheinen, so daß sie braun waren wie alte Seeleute, und hatten auch schon Gewohnheiten wie diese, indem sie kauten und spuckten und fluchten, beide Hände in den Hosentaschen.

Oft mußte Mutter Gesche mit dem Essen auf Peter warten, und wenn sie dann schalt, sagte er nur: „Och, Mutter!" und sah sie mit seinen blauen Augen an, daß sie nicht mehr böse sein konnte. Aber bessern tat er sich nicht. Wozu auch? Mutter haute ja nicht. Vom Vater hatte er manche Jacke voll gekriegt. Nur gut, daß das nun aufhörte. Vor seiner Mutter war er nicht bange, der hielt er leicht noch die Hand fest, so daß sie zum Schlagen nicht kommen konnte.

Hans Munck bekam viel mehr Prügel als Peter, denn Hans Muncks Vater lebte noch und hatte eine kräftige Hand, gegen die nicht anzukommen war.

So war Peter von beiden, obgleich Hans der Stärkere war, der wildeste und frechste. Hans, im Gefühl seiner Stärke, ließ ihn gewähren, auch mochte er Furcht haben, daß Peter ihm beim Vater schaden könne, und so kam es, daß Peter für draußen Stehende eine Art Herrschaft über Hans auszuüben schien. So hielten sie gute Freundschaft, da der Klügere stets nachgab. Aber einmal sollten sie sich doch entzweien.

Sie waren beide, wie alle Kinder, nicht ohne Grausamkeit gegen Tiere. Hunde und Katzen waren vor ihren Steinwürfen nicht sicher, und spannten sie Peters Hund einmal vor den Wagen, damit er Sand und Steine fahren sollte, hatte er es nicht gut; sie luden auf für zwei und sparten keine Schläge, wenn Schnauzerl nicht vorwärtskommen konnte. Er mußte sie auch wohl selber fahren und laufen, bis ihm die Zunge zum Halse heraushing. Vogelnester ausnehmen, namentlich die Nester der Möwen in den Dünen zu plündern, war ihnen nichts Schlimmes. Und hatten sie eine besondere Heldentat verübt, rühmten sie sich ihrer mit kindischem Stolz.

Nun hatten aber Hans Muncks Eltern eine schöne große Katze, schiefergrau mit weißen Pfoten, die stand unter besonderem Schutz, und Peter durfte ihr nichts tun, wenn er es nicht mit Hans zu tun haben wollte. Unglücklicherweise war die Katze ein Kater und hieß Peter. Da hieß es denn: „Peter, wenn du dem Peter was tust, dann paß mal auf!"

••

Peter aber hätte dem Peter mal gerne etwas getan, denn er hatte nicht nur einen Haß auf Katzen im allgemeinen, sondern auch eine geheime Furcht vor ihnen; sie waren ihm zu falsch, zu schleichig. Das war nun gewiß eine Verleumdung der Katzen, aber es gibt ja viele Menschen, die keine Katzen leiden können und schon unruhig werden, wenn sie nur eine im Zimmer wissen. Dagegen ist ja nichts zu sagen. Der eine ist so, der andere anders, und jeder hat seine Schrullen, für die er nichts kann. Wie es ja auch Leute gibt, die keinen Hahn hören können, und nicht nur, weil sie zu lange und zu fest schlafen.

Bei Peter waren es also die Katzen, und es beruhte auf Gegenseitigkeit, denn auch die Katzen hatten alle Angst vor Peter und dachten gewiß in ihrer Katzenseele, solche Jungen müßte es gar nicht geben.

So war auch Hans Muncks Peter kein großer Freund von Gesche Bulls Peter, obwohl der ihr noch nie etwas getan hatte, aus Freundschaft zu Hans und wohl auch etwas aus Furcht vor ihm. Peter, der Kater, machte jedesmal einen Buckel und fauchte, wenn Peter Bull ihn streichelte, und ließ seine grünen Augen nicht von ihm, solange er in der Nähe war.

„Ich traue dir nicht." Das stand deutlich auf Peters Katzengesicht.

„Ich dir auch nicht," gab Peter Bull deutlich zu erkennen.

Peter Bull war dreizehn Jahre alt, als er sich mit seinem Namensvetter erzürnte und dadurch auch aus der Freundschaft mit Hans Mund kam. War es eine üble Laune von Peter, dem Kater, oder hatte Peter Bull ihn nach und nach durch bewußte oder unbewußte Unart gereizt? Eines Tages, als der eine Peter den andern Peter streicheln wollte, zeigten sich Krallen der Abwehr, und der scharfe Hieb einer kleinen grauen Tatze zog einen roten Strich über Peter Bulls rechte Hand. Auch einiges Blut kam zum Vorschein.

Peter Bull war so erschrocken, daß er fast geheult hätte, teils vor Schmerz, teils vor Wut, doch besann er sich auf seine dreizehn Jahre, und die Nähe von Hans Mund tat das ihre. So bezwang er sich, zog ein Gesicht und fluchte

„Verdammt, du Aas!"

Und da er zugleich nach der Katze schlug, räumte diese mit einem Satz das Schlachtfeld. Peter blieb nicht als Sieger zurück. Er war der Abgeführte, und Groll blieb in seinem Herzen.

„Warum neckst du ihn immer?" sagte Hans Mund.

„Necken? Ist das Necken, wenn ich ihn streicheln will?" entgegnete Peter vorwurfsvoll.

„Das nicht. Aber du hast ihm gewiß schon oft was getan. Von selbst kratzt er nicht."

„Was ich ihm wohl getan hab!"

Dieser kleine Disput führte noch nicht zum Bruch der Freundschaft. Aber Peter trug seitdem den Groll mit sich herum, und wo er seinen Namensvetter sah, ohne daß Hans dabei war, suchte er ihm die Niederlage heimzuzahlen. Jetzt spürte Peter, der Kater, manchen Stein auf seinem Fell, von dem er nicht wußte, woher er kam, wenigstens hätte er es nicht sagen können. Und eines Tages bekam er einen Mauerstein auf den Rücken, unter dem er zusammenbrach und kläglich schreiend liegen blieb.

Sofort stürzte Hans aus dem Hause und nahm ihn zornbebend in die Arme.

„Armer Peter! Wart, wenn ich den Schuft kriege!"

„Hast du Peter wieder mit einem Stein geworfen?" fragte er Peter Bull.

„Ich? Fällt mir nicht ein!"

Aber des Nachbars Magd hatte es gesehen, und dem Peter half kein Leugnen.

„Und dann lügst du noch, du Hund!" schrie Hans und setzte ihm seine Faust mitten auf die Nase, so daß nun abermals Peter Bulls Blut floß. Das erboste diesen und veranlaßte ihn, dem Hans einen tüchtigen Knuff zurückzugeben, und ehe eine Minute vergangen war, wälzten sie sich auf dem Boden, in der eifrigsten und schönsten Prügelei begriffen, die man je gesehen hatte. Und dabei erging es dem Katzenfeind schlecht. Peter der Kater wurde glänzend gerächt. Zwar konnte Peter Bull sich mit heilem Rückgrat erheben, aber er war gründlich durchgebleut und nahm heulend Reißaus.

So ging die Freundschaft zwischen Peter Bull und Hans Mund in die Brüche, und die Feindschaft zwischen jenem und den Katzen nahm zu. Peter Bull betrachtete sie als seine persönlichen Feinde, und mancher Kater und manches Kätzchen hatte für die Sünden eines andern zu büßen. So geht es in der Welt zu. Das schiefergraue Fell Peters aber trug Frau Mund dann mal hier und dann mal dort an ihrem Körper, denn sie litt an Rheumatismus, und die Wärme tat ihr wohl.

* * *

Zwei Jahre vergingen und mit ihnen die Feindschaft zwischen Peter und Hans, ohne daß die Freundschaft sich so recht wiederherstellte. Aber sie grüßten sich und sprachen auch ein Wort miteinander, und Peter dachte wirklich nicht mehr an die Haue, die er bekommen hatte; das spielt nicht eine so große Rolle in einem rechten Jungenleben. Und dann kam der Tag, wo Hans Mund als Junge an Bord eines Schiffes gehen sollte zu einem fremden Schiffer, damit er nicht verzogen würde und es nicht etwa aus Freundschaft oder Rücksicht auf seinen Vater besser hätte, als ein richtiger Schiffsjunge es haben muß, um ein harter und fester Seemann zu werden.

„Adjö, Peter!" sagte Hans.

„Na, soll's jetzt losgehen?"

„Ja, das soll es."

„Hm, einmal muß es ja sein."

„Ja, das muß es."

„Na, dann mach's gut, Hans."

„Was ich dazu tun kann."

Und dann gaben sie sich die Hand, und Hans ging nach rechts und Peter nach links. —

„Der wird schon seinen Weg machen," dachte Peter. „Wird es mal fein haben. Was hat sein Vater für ein feines Schiff! Und wenn er das dann mal bekommt — na, es ist ja schon manches Schiff untergegangen. Aber er kann ja auch ein neues Schiff haben, und dann steht er da oben auf Deck und kommandiert mit seiner lauten Stimme, und die Leute sagen Schiffer zu ihm, und er macht sich dicknäsig und großartig und hat es dann ja auch dazu."

Und dann dachte Peter an sich und seine eigene Zukunft. Ja, das war so eine Sache. Die Mutter hätte ihn am liebsten bei sich behalten. Aber Gott sollte ihn bewahren, hinterm Ladentisch stehen und grüne Seife und Schrubber zu verkaufen. Nein, das war keine Mannssache. Er könnte sich ja ganz fein dahinein setzen, und seine Mutter würde doch das meiste immer selbst machen und er würde ein ganz gemütliches Leben haben. Aber nein, Peter wollte auch zur See. Er hatte sich nicht umsonst am Wasser herumgetrieben und mit allen Fischern Bekanntschaft geschlossen. Da waren Hein Fock und Simon Timm und Klaus Friederichsen, und alle hatten ihm zugeredet, auch ein Seefischer zu werden. Was ‚hohes‘ könne er doch nicht werden — oder ob er es sich in den Kopf gesetzt hätte, Lotsenkommandeur oder gar Admiral zu werden.

„Da gehört aber Verstand dazu, Peter."

So viel Verstand wie sie hätte er auch noch, meinte Peter.

„Zum Lotsen langt's vielleicht gerade," meinte Hein Sock.

„Wenn er ihn ein bißchen ausreckt, ja," sagte Klaus Friederichsen.

Und Simon Timm sagte gar nichts, das war am vielsagendsten.

Peter Bull setzte sich seit jener Unterhaltung in den Kopf, Lotse zu werden, und Mutter Gesche mußte mit Kurt Kleefeder sprechen, das war der Oberste der Lotsen in Kurhaven, und mußte hören und mußte fragen, was dabei zu tun sei, und wie Peter Bull wohl Lotse werden könne.

Ja, das ließe sich machen. Ob der Junge schon zu Wasser gewesen wäre.

Ja, das wäre er.

„Als was denn?"

„Ja, so mit den Fischern manchmal."

„Kann er ein Boot führen?"

„Das will ich meinen."

„Und kann er ein Jack voll vertragen?"

Kurt Kleefeder machte die bezeichnenden Armbewegungen des Schlagens, und Mutter Gesche sah ihn halb verlegen und halb ungläubig an.

„Ja," sagte sie lächelnd, „wenn es nicht ohne Hiebe geht. Von mir hat er nicht viel gekriegt."

„Läßt sich nachholen." —

Dieses sonderbare, halb ernsthafte, halb scherzhafte Gespräch war die Einleitung zu Peter Bulls künftigem Lotsenleben. Acht Tage später war er als Junge an Bord eines Lotsenkutters und hatte seine erste Maulschelle weg.

Als er ein Vierteljahr dabei war, wußte er nicht, ob es eigentlich schön sei, oder ob es ein Leben sei, das sich so eben ertragen ließ. Aber obwohl es schwere Stunden gab, wollte es ihm doch vorkommen, als ob die Sache schon im ganzen einem Jungen gefallen könne. Immer auf Wasser, immer frischen Wind um die Ohren und einen Topf voll Essen, das sich essen ließ. Und dann Gesang und Unterhaltung mit andern Leuten; es waren außer dem Schiffer noch zwei andere an Bord und dann der jeweilige Lotse. Sie lagen entweder vor dem Strom vor Anker und warteten auf Einkommen oder Auslaufen der Schiffe, oder kreuzten draußen in See und hielten Ausguck, ob jemand ihre Hilfe nötig hatte.

So ein Lotsenkutter ist nicht so groß, und die Arbeit darauf nicht so anstrengend, obgleich es immer zu tun gab und mancherlei, was gar nicht nötig war, nach Peters Meinung, und womit ihn die andern nur schikanieren wollten.

War es schönes Wetter, und sie lagen so einen langen Tag lang still vor Anker und die Wellen plätscherten immer sachte an

∙∙

die Schiffswand und die Sonne schien, und sie konnten auf Deck liegen und schlafen, das hieß, sie, die andern, der Junge mußte immer wach sein, wenn nicht gerade seine Zeit war, wo er die Augen auch zutun durfte — ja, das war wirklich fein. Aber oft wehte es auch heftig, und dann tanzte der Kutter, daß Peter manchmal ganz wunderlich zumute wurde. Aber daran gewöhnt man sich, und dann ist ja der Lotse da, der so gar keine Bange kennt, und den Peter immer anstaunte als ein großes Tier, dessen Anblick allein schon Mut und Zuversicht gibt. Kommt da so ein großes Handelsschiff aus See, ist der Kutter eins — zwei — drei an seiner Seite, und dann der Lotse wie eine Katze an Bord hinauf. Und oben steht der fremde Schiffer und empfängt ihn wie einen großen Herrn, der er ja auch eigentlich ist, denn jetzt übernimmt er das Kommando, und nur sein Wort gilt. Ha, wie wollte Peter sich brüsten, wenn er auch erst so weit war!

Wo Hans Munck nun wohl umherschwamm? Ob er noch auf demselben Schiff war, mit dem er davon ging? Er könnt's ja leicht erfragen, er brauchte nur bei dem alten Munck anzufragen, aber mit dem war nicht gut Kirschen essen, und Peter war großen Herren gegenüber leicht eingeschüchtert. Aber gewußt hätte er es doch gern. Hans Munck war doch eigentlich ein famoser Kerl gewesen. Zuletzt waren sie ja etwas auseinander gekommen.

Vielleicht waren sie sich schon manchmal nahe gewesen, ohne es zu wissen. Hans da oben an Bord eines großen Schiffes und er hier unten auf dem kleinen Lotſenkutter, und es hatten ſich beide vielleicht gar ins Geſicht geſehen, Hans von oben herab und er von unten hinauf, und hatten ſich nicht erkannt. Aber nein, das war nicht möglich, ſofort hätten ſie ſich erkannt, kein Zweifel. Hans Munck mit den buſchigen Brauen, die er als Kind ſchon hatte, und die ihm ein ſo kühnes Ausſehen gaben, und Peter Bull mit ſeinen roten krauſen Haaren.

Ob Hans Munck wohl auch ſo viel an Peter Bull dachte? Aber da kam eines Tages ein Brief. Peter war zufällig an Land bei ſeiner Mutter, ſie hatten eine kleine Reparatur an dem Kutter, da kam wahrhaftig ein Brief von Hans Munck. Er kam weither, aus Valparaiſo. Und Hans ſchrieb, daß er noch nicht ein zweites Mal wieder zu Hauſe geweſen wäre ſeit dem erſten Mal, wo ſie nach einer kurzen Englandfahrt acht Tage in Hamburg gelegen hätten, er hätte aber keine Zeit gehabt, nach Kuxhaven zu kommen.

„Ich höre, Du willſt Lotſe werden; man zu! Dann kannſt Du mich immer in den Hafen ſchleppen und verdienſt ein ſchönes Stück Geld an mir. Junge, das iſt doch ein feines Leben, ſo ein Seemannsleben! Aber bannig arbeiten muß man auch. Junge, was hab ich für Schwielen! Nach Valparaiſo hatten wir arg viel Wind. Die See lief nur immer ſo über Deck. Aber wir waren nicht bange. Der Schiffer ſagte, das wäre Kinderſpiel. Er hätte ſchon ganz was anderes erlebt. Na, danke! Muß aber doch ſchön ſein, wenn man heil davon kommt. Laß man mal hören, wie es

Dir geht und was Du nun machst. Daß Du Lotse werden willst, weiß ich von meinem Vater, der weiß es von meiner Tante, der hat Deine Mutter es erzählt. Ich glaubte schon, Du würdest ihren Laden nehmen und Sirup verkaufen. Was doch aus 'nem Menschen alles werden kann!"

Das war Hans Muncks Brief, und Peter Bull sann darüber nach, was er ihm antworten solle. Wieder schreiben mußte er, das war feste Sache.

Und er schrieb acht Tage lang an dem Brief, denn er war nicht sehr gewandt mit der Feder und hatte nicht viel Zeit, und wenn er gerade mal dabei saß und seine steifen Buchstaben malte, kam auch noch irgendeine Störung. Aber endlich bekam er es doch fertig, und dann stand es da, groß und stattlich wie lauter Rammpfähle:

„Lieber Hans! Du sollst nun auch von mir einen Brief haben, und sei vielmals bedankt für Deinen Brief, den mir meine Mutter gab. Daß ich Lotse werden will, damit hat es seine Richtigkeit. Vorläufig bin ich aber noch Junge auf dem Lotsenkutter ‚Möwe' und es gefällt mir da sehr gut. Das Essen ist gut und die Behandlung auch ganz nach Verdienst. Besonders freut es mich, daß sie da keine Katze haben. Du weißt, die meisten Schiffer haben eine Katze an Bord. Habt ihr auch eine? Ich kann die Viecher nun mal nicht leiden. Aber sonst ist es sehr schön hier und es geht mir sehr gut. Wenn ich erst Lotse bin, worüber noch ein paar Jahre hingehen werden, dann bin ich obenauf, und wenn ich dann mal ein Schiff führen soll und auf Deck steht der Schiffer und sieht mich so an: ‚Tag, Peter, bist du es?' — ‚Ja, sag ich, ‚ich bin es' Darauf freue ich mich schon, und dann trinken wir einen Grog zusammen in Deiner Kajüte und lachen uns einen. Neulich ist Simon Timm bei einem großen Sturm geblieben, und Hein Sock hat seinen Mast verloren, und viele andere noch sind geblieben. Das ist doch immer schrecklich, wenn bei so 'nem Wind immer so viele Menschen ertrinken müssen. Vater ist ja auch ertrunken, aber das ist ja nun mal so. Mutter spricht nie mehr von ihm und so ist es ja nun mal im Leben. Da muß man sich wohl hineinfinden. Ich bin nur froh, daß ich noch lebe, und ans Wasser habe ich mich schon ganz gewöhnt.

Ich verbleibe
Dein
Peter Bull."

So schrieb Peter Bull, und der Brief ging richtig ab. Ob er aber auch richtig angekommen ist, weiß kein Mensch. Und in dem nächsten Brief, den Peter von Hans bekam, stand nichts darüber, daß Hans Peters Brief erhalten hatte. Das war zwei Jahre später, und Hans schrieb:

„Auf dem ‚Caliban' bin ich schon lange nicht mehr, und ich fahre jetzt als Matrose, und mein Schiffer ist ein aasigen Kerl, aber seine Sache versteht er, und sein Schiff ist noch besser als der ‚Caliban' und heißt ‚Seekuh', gibt aber keine Milch. Aber Hörner

hat sie und ist vor keinem Sturm bange. Neulich hatten wir einen in der spanischen See, so was wünsche ich Dir auch mal, der Hockmast ging über Bord und es fehlte nicht viel, daß ich auch mitging. Und dabei hatten wir noch so'n dummerigen Lotsen an Bord, so'n Spanjolen, der verlor den Kopf. Wir kamen aber endlich 'rein in den Hafen und der Schiffer fluchte. Kannst auch lieber danke sagen, dachte ich.

„Wenn Du auch so'n dösigen Lotsen wirst, wie der Spanjole einer war, — alle sind sie nicht so, — dann will ich nie was mit Dir zu tun haben."

Peter ärgerte sich über den Brief, obgleich da gar nichts zu ärgern war. Dösiger Lotse! Er wollte schon seinen Mann stehen. War er nicht ordentlich voran gekommen und war jetzt schon Matrose wie Hans? Und wenn er sein Jahr hinter sich hatte, wollte er auf die Schule und das andere lernen, das noch dazu gehörte. Und dann, na ja, dann ging es eben immer so weiter. Und das Sahrwasser kannte er ja schon beinahe, und weiter braucht ein Lotse ja nichts zu können, wenn er das nur ordentlich im Kopf hat.

Na, es war da ja sonst noch allerlei zu lernen, und Peter lernte es, schlecht und recht, mit Schweiß und Fleiß, und als die Zeit um war, wurde er Lotse und trug den Kopf hoch. —

Nun wäre es fein gewesen, wenn Hans Munck mal mit der ‚Seekuh' gekommen wäre und wäre noch immer Matrose oder meinetwegen Steuermann, und Peter Bull könnte dann so an Bord klettern, und der Schiffer begrüßte ihn mit einem Händeschütteln, und sie gingen in die Kajüte und tränken erst mal ein Glas Madeira miteinander, oder meinetwegen ein Glas Sherry, oder auch einen Grog, und Hans Mund müßte dabei stehen und zugucken ... na, wer weiß, wie es noch mal kommen würde.

Es kam aber nicht so. Die ‚Seekuh' ließ sich nicht blicken in Hamburg, sie gehörte auch nach Bremen. Peter ärgerte sich wirklich darüber, zuletzt aber sagte er: „Denn nicht!" Es gab noch andere Leute, denen man imponieren konnte.

Aber Peter gehörte nicht zu den Leuten, die andern imponieren, er war ein Lotse wie andere auch, brauchbar und immer auf Posten. Er wurde jedes Jahr ein Jahr älter, bekam einen Kranzbart, priemte und vertrug einen steifen Grog so gut wie die andern. Das war alles, was die Jahre aus Peter Bull gemacht hatten. Aber es war genug, und Mutter Gesche war stolz auf ihn.

Peter Bull war auch, was man einen guten Kerl nennt, und machte seiner Mutter keine Sorgen. Er war nicht so wie sein Vater, was sie lange befürchtet hatte, er war nicht roh und trank nicht, er war friedlich und ein wenig ‚tutig', wie es die Leute nannten; sie meinten damit nichts Schlimmes.

Einen Fehler nur hatte Peter Bull, oder eigentlich war es gar kein Fehler, sondern nur eine Eigentümlichkeit: er mochte noch immer keine Katzen leiden. Als seine Mutter sich einmal eine kleine niedliche weiße Katze angeschafft hatte, ruhte er nicht eher, als bis sie wieder aus dem Hause war.

„Ich kann die Viecher nun einmal nicht ausstehen," sagte er, und Mutter Gesche fügte sich kopfschüttelnd.

Ja, es war so schlimm mit Peter, daß er nicht zu Line Blunck ging, wo die andern Lotsen ihren Grog tranken, bloß weil Line Blunck eine graue Katze hatte, die keinem was tat und den Gästen nur schnurrend um die Beine strich, wobei sie den Schwanz anmutig auf und nieder bewegte. Peter Bull aber ging zu Paul Sock, dem Sohn von Simon Sock; da war der Grog genau so gut, und kein Katzenvieh schnurrte einem um die Beine herum.

Die Leute sagten freilich, Peter ginge nur deshalb zu Paul Sock, weil der eine Schwester hatte, ein hübsches Mädchen und nur ein Jahr jünger als Peter und mit einem Haufen Geld. Die wolle Peter nur haben, in die hätte er sich versehen.

Aber das war wohl doch nicht wahr, denn sonst hätte Peter sich anders benommen, als sie ihn eines Tages bat, eine kleine Katze mitzunehmen zu ihrer Tante, die am grünen Deich wohnte. Nein konnte Peter doch nicht gut sagen, und auch nicht, daß er bange war. Daher machte er erst Ausreden, kratzte sich hinter dem Kopf, und meinte, es wäre schon bannig spät für ihn.

„Ach was, man zu! Die paar Schritte."

Da sagte Peter Bull: „Ja, aber eingepackt, so nehme ich das Vieh nicht mit."

Da setzte Stine Fock die Katze in einen Korb, band ihre Schürze darüber, und Peter Bull faßte den Korb vorsichtig am Henkel an und zog damit ab.

Hätte er Stine Fock wirklich haben wollen, hätte er sich doch wohl etwas mehr vor ihr geschämt.

Die Katze saß ganz still unter der Schürze und Peter Bull kam gut mit ihr hin. Nur einmal wurde sie etwas unruhig, und Peter überlegte, ob er den Korb nicht lieber hinsetzen solle. Aber die Katze beruhigte sich, und Peter trug sie weiter, mit dem Gefühl, ein Kerl zu sein, dem man schon etwas Gefährliches auftragen durfte.

Ja, nach dieser Heldentat geschah es sogar, daß Peter sich den Anschein gab, als stünde er mit dem Katzengeschlecht auf ganz gutem Fuße. Er bemühte sich hier und da um die Gunst einer ‚Muschi'.

„Komm, Musch, Musch!"

Aber er fand wenig Gegenliebe. Die eine blinzelte ihn verächtlich an, die andere sprang davon, die dritte machte einen Buckel, kam aber nicht, und die vierte fauchte und zog sich schrittweise vor ihm zurück. Sie erkannten alle, daß seine Liebe nicht

echt war. Da ließ er sie wieder links liegen. Und doch sollte ein=
mal eine nähere Verbindung zwischen ihm und den Katzen sich
anbahnen. —

Peter Bull war nun schon längere Zeit Lotse und hatte
manches Schiff aus der See herein geholt und manches in die
See hinaus gebracht, und er kannte sich gut aus, was das Fahr=
wasser anbelangte an der Mündung der Elbe, und nicht immer
war es bei gutem Wetter gewesen, daß er von seinem Kutter an
Bord des Schiffes kletterte, genau wie eine Katze. Manchmal
hatte es ekelig gewühlt, und es war ein gefährliches Stück Arbeit
für ihn gewesen. Aber so arg, wie einmal, — es war am 22. No=
vember 1736, — war es noch nie gewesen. Und das wurde ihm
auch zum Verhängnis und gab seinem ganzen Leben eine andere
Richtung.

Es hatte schon lange geweht, und Peter Bull hatte mit
seinem Lotsenkutter schon einen ganzen Tag auf der Nordsee
getanzt, daß ihm schwindelig hätte werden können, wenn so etwas
einem Kuxhavener Lotsen noch passieren könnte. Am 22. aber
wurde der Wind zu einem gewaltigen Sturm, und es kam ein
großer Dreimaster, der von Archangelsk nach Hamburg wollte und
einen Lotsen wünschte, und Peter Bull ging mit vieler Mühe
an Bord. Und als er oben war, sagte er: „Nanu?" und gab dem
Schiffer die Hand.

Es war Hans Munck. Aber viel Zeit zum Verwundern und
Fragen war nicht, denn der Sturm nahm ihm jedes Wort vom

Munde, und es war dunkel, und das Feuer von Neuwerk warnte: „Paß auf, Peter!"

Herrgott, war die See in Aufruhr, sie tobte nur so! Der Sturm pfiff und die Masten knirschten.

Einen steifen Grog schlürfte Peter aber doch noch herunter, und dabei sah er zwei feurige Augen auf sich gerichtet, aus einer dunklen Ecke zwischen Mast und Kajüte, und wußte nicht, was das für Augen waren. Nachher waren sie weg, und Peter dachte, es wäre wohl nur so eine Erscheinung gewesen. Aber immer, wenn er das Feuer von Neuwerk aufleuchten sah, mußte er an diese glühenden Augen denken. Hatte Hans Munck den Teufel an Bord?

Es war eine schreckliche Nacht, und Peter Bull hatte ein Gefühl, als könne was passieren. Dafür war er nun da, das Schiff richtig in den Hafen zu bringen. Aber der Sturm wurde zum Orkan, und Peter Bull konnte nicht mehr dagegen an.

Hans Munck fragte ein paarmal: „Geht's auch gut, Lotse?"

Peter Bull brummte etwas in den Bart, was man für Ja nehmen konnte, wenn man wollte. Es ging aber nicht gut. Der Sturm bekam Übermacht, und der schöne Dreimaster strandete. Wie Zwirnsfäden zerrissen die dicken Taue, und die starken Bohlen brachen wie Schwefelhölzer, und die Mannschaft wurde wütend und schrie: der Lotse wäre betrunken und ihrer aller Mörder.

Aber Hans Mund beruhigte sie: betrunken sei der Lotse nicht, aber er sei des Fahrwassers nicht mächtig, und das sei gar schlimm für sie alle, aber einen Mord sollten sie deshalb nicht auf ihr Gewissen nehmen. Und dann befahl er, sie sollten das Boot aussetzen und sich retten.

Das taten sie denn, und alle stiegen ein, und Hans Mund auch. Als aber Peter Bull mit wollte, wollten sie das nicht zugeben, und Hans Mund wagte nicht, ihnen zuwider zu sein, denn er fürchtete, sie hätten Peter doch noch unterwegs erstochen oder erschlagen.

Daher sprach er zu diesem, er solle an Bord bleiben: „Peter Bull, bist du rein von grober Schuld und vergibt dir Gott dein menschlich Fehlen, so kann er dich auch noch erretten, bevor das Wrack zerschellt ist."

Und damit stießen sie ab und ließen Peter allein auf dem zertrümmerten Schiff zurück, über das die Wellen nur so herstürzten und es immer mehr zerschellten.

Als Peter nun ganz allein auf dem Wrack war, den sicheren Tod vor Augen, dachte er: „Gott wird dich schon nicht verlassen, wenn du dich nicht selbst verläßt; hierbleiben kannst du nicht." Und damit löste er das kleine Boot, das noch heil geblieben war, und stieß es ins Wasser. Aber bevor er hineinsprang, fiel der Mast mitsamt seiner Takelage gerade auf die kleine Jolle und zerschmetterte sie.

Was nun?

Peter vermeinte, nun ganz verloren zu sein, und war verzagt und glaubte schon, es sei das beste, ein Ende zu machen und in die dunkle tosende Flut zu springen. Aber da fiel ihm ein, was Hans Munck zu ihm gesagt: daß Gott ihn noch retten könne, obgleich ihn der Tod schon halb verschluckt habe, und er fiel auf seine Knie nieder und betete inbrünstig zu Gott um Vergebung aller seiner Sünden, und er möge doch gnädig und barmherzig sein und ihn aus dieser grausigen Not erretten. Er wolle dann auch immer ein frommes und gottesfürchtiges Leben führen.

Gestärkt durch dieses Gebet, stand er auf, band sich mit starken Tauen an das losgerissene Spill fest und vertraute sich mutig in Gottes Namen der See.

Gerade als die nächste Welle ihn vom Wrack entführen wollte, sprang ihm etwas auf den Kopf, daß er einen Todesschrecken bekam. Er fühlte einen Schmerz wie von scharfen Krallen, die sich ihm in die Kopfhaut schlugen, und sogleich sprangen ihm die Funken aus den Augen, und er erinnerte sich der glühenden Augen in der dunklen Schiffsecke, und obgleich er nichts sah und auch die Hände nicht hoch genug heben konnte, um nachzufühlen, wußte er doch, daß das eine Katze sein müsse, Hans Muncks Schiffskatze.

Und sie war es. Fest krallte sie sich in Peters dichten Haarschopf und in die Schädelhaut, daß ihm das Blut über die Stirne tropfte. Das wusch nun zwar die See gleich wieder ab.

Peter, nachdem er den erften Schrecken überwunden hatte und fühlte, daß er diefe Kopfbedeckung auf keine Weife wieder los würde, gab fich darein und dachte: „Vertraut diefe unvernünftige Kreatur dir, dem hilflofen Menfchen, fo magft du defto fefter auf Gottes Hilfe bauen."

Aber die ganze Nacht trieb Peter mit der Katze auf dem Kopf noch in der Elbmündung umher, mehr unter Waffer und von den Wellen bedeckt, als darauf fchwimmend. Die Todesangft entkräftete ihn mehr und mehr, die Kälte erftarrte ihn; fo trieb er umher und wußte nicht wo und wohin. Er hätte ja ebenfogut mit der Ebbe ins offene Meer treiben können, als mit dem Winde landwärts.

Endlich graute der Morgen, und Peter konnte fehen, wo er fich befand. „Gott fei Dank!" rang es fich aus feinem Herzen. Er erkannte die Kugelbake bei Döfe, ganz in der Nähe Kuxhavens, und begann zu hoffen. Und richtig trieben die heranfchlagenden Wellen das Spill mit Peter Bull und der Katze gegen das Gebälke der Bake. Er gewahrte am Strande zwei Leute reiten, die fich umtaten nach Strandgut, und fogleich begann er zu rufen. Aber ach, er war zu fchwach, um fich vernehmbar zu machen, fein Hilfegefchrei verhallte im Getöfe der Wogen.

Schon wollte er fich jammernd verloren geben, da erhob die Katze auf feinem Kopfe ein fo durchdringendes Schreien, daß es die Männer trotz Sturm und See hörten und aufmerkfam umherfchauten.

Und jetzt — jetzt — richtig, sie hatten Peter entdeckt. Sie kamen herunter, kamen ins Wasser, packten das Spill und zogen es mit seiner halbtoten Fracht aufs Trockene.

So war Peter Bull mit Gottes Hilfe gerettet. —

Mutter Gesche war all die Zeit, wie der Sturm so heulte, um Peter in Angst gewesen, nun wußte sie nicht, ob sie vor Schreck oder vor Freude schreien sollte, als sie ihr den Schiffbrüchigen ins Haus brachten; sie tat keines von beiden, sondern sagte nur zu Lütt Marieken, der kleinen Magd: „Siehst du wohl?" Woraus hervorging, daß sie mit diesem Ereignis schon gerechnet hatte.

Verwundert war sie über den großen schwarzen Kater, den Peter mit ins Haus brachte, und der ebenso naß war als er selber. Aber ihre Sorge galt erst mal Peter, der ins Bett gebracht wurde und heißen Punsch bekam. Der Kater drückte sich indessen in den Ecken herum und war auf Lütt Marieken angewiesen, die ihm Milch gab.

Als Peter sich besonnen hatte, fragte er nach dem Tier, wollte es durchaus sehen und sich nicht von ihm trennen.

„Der bleibt nun bei uns, der hat mir das Leben gerettet." Und er erzählte, wie die Katze ihm die Retter herbeigerufen hatte, als ihm selbst die Stimme vor Schwachheit versagte.

„Aber du hast auch ihr das Leben gerettet," sagte Mutter Gesche.

„Darum wird sie ebenso gern bei mir bleiben, als ich bei ihr," sagte Peter.

Mutter Gesche, die keine Katzenfeindin war, hatte nichts dagegen.

„Nein, so was," sagte sie nur, „kommst du doch noch zu einer Katze."

„Wenn Hans Mund sie nur nicht wieder wegholt," sagte Peter kleinlaut.

Aber Hans Mund kümmerte sich nicht um die verlorene Schiffskatze, er glaubte sie elendiglich ersoffen. Aber sein schönes Schiff lag ihm am Herzen, und als es zur Sprache kam, wer die Schuld an dessen Untergang trug, sagten sie alle, Schiffer und Leute, gegen den Lotsen aus, der des Fahrwassers nicht kundig gewesen wäre. Hans Mund hätte Peter gern geschont, aber er konnte doch nicht gegen seine Leute aufkommen.

So kam es, daß Peter Bull bestraft wurde. Er mußte eine Geldbuße zahlen und wurde seines Lotsenamtes entsetzt.

„Tut mir leid, Peter," sagte Hans Mund, „aber ich konnte nichts dabei machen."

„Ist gut, Hans. Ich habe auch genug vom Seefahren und mag nicht mehr aufs Wasser. Laß mir nur deine Katze, die mir das Leben gerettet hat."

„Die sollst du behalten."

„Eigentlich ist sie ja an dem ganzen Unglück schuld. Denn wenn ich nicht ihre Augen gesehen hätte — ich mußte immer an die glühenden Augen denken — und du weißt, ich konnte schon immer keine Katzen leiden — vielleicht hätte ich sonst besser ge=

steuert — aber es war auch ein gräßliches Wetter, Gott soll mich bewahren! Es wäre auch wohl ohne die Katze so gekommen."

So blieb Peter Bull mit der Katze am Lande, und da er doch etwas Beschäftigung haben mußte, wurde er Gehilfe des Strandvogtes zu Dühnen. Da richtete er besonders sein Augenmerk auf arme Schiffbrüchige, die etwa angeschwommen kämen, unfähig, um Hilfe zu rufen, und die keine Katze auf dem Kopfe hatten, wie er.

Er ist alt geworden und ist ein Katzenfreund geworden. Er hatte immer eine Menge Katzen um sich, und die Leute nannten ihn den Katzenpeter, und als Katzenpeter ist Peter Bull gestorben.

Inhaltsverzeichnis.

	Seite
Der Kampf mit den Seeräubern	3
Hans Holm	78
Bernd Beseke	105
Der Katzenpeter	131